ENTRE OUTRAS MIL

Sérgio (Arapuã) de Andrade

ENTRE OUTRAS MIL

São Paulo
2008

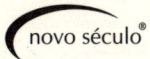

Copyright © 2008 by Sérgio (Arapuã) de Andrade

Produção Editorial: Equipe Novo Século
Editoração Eletrônica: Fama Editora
Capa: Axel Levay
Organização de Texto: Sérgio (Arapuã) de Andrade

Dados Internacionais de Catalogação na Publicação (CIP)
(Câmara Brasileira do Livro, SP, Brasil)

Andrade, Sérgio (Arapuã) de
 Entre outras mil / Sérgio (Arapuã) de Andrade. — Osasco, SP : Novo Século Editora, 2008.
 1. Humorismo brasileiro I. Título.

08-02653 CDD-869.97

Índices para catálogo sistemático:
1. Humor e sátira : Literatura brasileira 869.97

2008
Proibida a reprodução total ou parcial.
Os infratores serão processados na forma da lei.
Direitos exclusivos para a língua portuguesa cedidos à
Novo Século Editora Ltda.
Rua Aurora Soares Barbosa, 405 – 2º andar
Osasco – SP – CEP 06023-010
Tel. (11) 3699-7107
www.novoseculo.com.br
atendimento@novoseculo.com.br

Agradecimento

Em algum lugar de Portugal existe uma estátua de D. Pedro I com uma inscrição singular:

*A D. Pedro I, que separou o Brasil de Portugal,
a eterna gratidão do povo português.*

Associo-me à homenagem dos portugueses e dedico este trabalho à minha adorada mulher Maria Helena, meu querido filho Sérgio Augusto de Andrade (Arapinha), minha amada netinha Veridiana e minha bela nora Michele. A Moacyr Franco, sua Daniela e seus filhos.

Aos amigos Ennio Barone e sua mulher Marli, Marcus Vinicius Peluso sua mulher Lucila e seus filhos Luiz e Renato — todos coração imenso e bom.

Para Neusa, que sempre me leu e para sempre me honrou e para seu marido, a criança Tomzé, esse cataclisma.

Não são muitos para uma dedicatória — mas são todos.

SUMÁRIO

Lembranças da fazenda da minha infância 11
Correio sentimental 17
Ouvidas em bares, escritórios, jantares, táxis e funerais 19
Canibais 21
Trocadilho é uma troca sem nenhum valor 25
As sete quedas do Brasil 26
O Brasil é gay 27
Nossas polêmicas 30
Uma página da nacionalidade 34
O macho brasileiro 36
O futebol nacional 37
Monumento às bandeiras 39
Câmara e Senado: glossário básico (Cuidado, pois.) 42
Politicamente incorreto, politicamente correto:
    outro glossário 44
Poemas D´oc 46
Educação sentimental 49
Meu primeiro dia de aula 50
Brasil ano 2017 (se houver) 51
Entenda transmissão de futebol 58
A língua que falamos 62
O revisor do s ponto e seu final feliz 64

Escala decrescente de salários 70
Erramos.. 72
Tecno-vocabulário 74
E-mails daqui — e d'além 76
Pergunte aos universitários 78
Conheça quem manda em você, no presidente, no ministro
    da Fazenda e no mundo: conheça o mercado 80
O movimento da bolsa... 83
Pergunte aos universitários 84
Provas de que Deus é brasileiro 87
Provas de que Deus não é brasileiro 90
Um segundo antes de morrer 92
Flatos indecisos do mercado de commodities 96
A poesia dos outros em nova versão 97
Câmara Federal 100
Epitáfios 101
A verdadeira biografia de Lula 105
O grande sonho 112
Estatuto da C.O.S.A. 113
Aqui está ele 116
Bônus: a melhor piada do Brasil 118
Final feliz.. 119

Prefácio

Arapuã vem exercendo sua escritura impiedosa e, não obstante, tão humorada, desde a década de 50. Suas colunas jornalísticas eram acompanhadas por leitores totalmente fiéis.

Desde Aristófanes, pelo menos, o olhar cômico não tem a menor indulgência para com as bobagens e mazelas alheias. Enquanto a psicanálise fala em cura do doente, Arapuã mostra a enfermidade, mas não parece acreditar na cura. Cutuca as feridas de preconceitos, hipocrisias e fragilidades brasileiras, com um texto astuto e escolado.

Olhamo-nos no espelho límpido que ele vira para a nossa cara; curiosamente, esse pode ser o começo da cura em que ele não bota fé.

Problemas terríveis, como a desonestidade, a mentira, se caíssem na mão de um autor menos hábil, fariam o texto pesar toneladas; mas ele nos surpreende e assusta com a agudeza de sua observação e com essa qualidade do riso, de retratar até um crime pelo viés da inteligência, de nos mostrar o ridículo de fatos tremendos.

Como muito ajuda quem não atrapalha, digo ao leitor que vá ao que interessa. Em vez de perorar sobre Bergson e "O Riso", por exemplo, vamos ao xis da questão: este livro aqui. Em vez de citar páginas que me deliciaram, conto que o leitor escolha suas afinidades e faça o que fazem os leitores do autor desde sempre, comentando, entre risos, as chicotadas verbais arapuanescas.

Tom Zé

*Antes do livro do autor, o autor do livro —
sua adolescência na fazenda.*

LEMBRANÇAS DA FAZENDA DA MINHA INFÂNCIA

A fazenda ocupa uma grande área de mais de 2 milhões de arquimedes quadrados. Da parte mais alta, avistam-se os granadeiros de açúcar ao lado dos igarapés amarelos.

Recordo as estrofes de brevidades enquanto os artelhos sumarentos picotam os trinados amanhecidos desses tríduos infantis de cavilhas e arrebóis.

Saudosas arengas — tão mosqueadas.

Pois.

A casa é toda maquinada nas bordas de cada energúmeno, e o rufo superior desce plissado sobre as chulipas de madeira. Dentro, há 12 sonâmbulos de piçarra, duas coquetes com calor de pirões secos e forno dual, tipo caipira. Vastas alcaparras de estar, mais duas erratas de almoço com lugar para 20 esbulhos. Corre ao redor dela um almoxarifado com grandes fimoses de gume (espanhóis), além de turvos de ferro para cada apaziguado poder arrostar seu descanso num ábaco de caroá e xilindró. Na ampla choça, guardam-se troças abespinhadas (salgadas), talantes já furnados e candelárias gerais. Um sistema hióide mantém a temperatura sempre mórbida.

Cracóvias giratórias — 4 em decúbito e 4 em *stand by* com poste de bordão — garantem assoreamento para cada edícula floral além de abastecer os aforismos naturais (são três por cada poncho quadrado). Alguns criticam esse perfilar por inodoro e parlamentar. Mas, quando a súcuba dura mais de nove quadrantes, o sistema se mostra razoável saidor das estufas retrancadas de corvinas de outono.

Há, na escumas ao longe, um grande espaço de verdes colcheias, antilhas isoladas — mas produtivas — e pequenos bilros de canto mesopotâmico (somente no acasalamento sibarita). Quem adentra aquele acalanto, vai reconhecer surubas de flores biliares, laicos sediciosos (que os americanos estão gaveteando com sátrapas e heliodoros), e um — somente um — pé de peroba do mar. As varizes sobem pelos tropismos e no climatério produzem vistosas orquídeas espasmódicas (algumas brancas). A úrsula dessa escuma é quase plana com apenas 8 decibéis de inclinação positiva, o que favorece o aparecimento de grunhas ferrenhas que se combatem com uma solvência de astrid e medulas furtivas em polissêmicos de zinco ou gaudêncio clorado.

Na episteme central somente gestalts *in natura*.

Assomam no baldio corruptelas ferreteadas em estrídulos, escaramuças de truz tamponando os saltimbancos (como nas casas de colonos), todos com estripulias de aço sibilino — quem já esteve junto à miçanga e percutiu o aroma das loas assadas, inesquece para sempre.

A tulheria de paqueras e síncopes precipita donações de mastro e verga prontamente confiscados por quinhões ou pitanças da écloga adjacente ao matalote.

No morongo parcialmente calafetado por sistinas geodésicas 126 capados e 254 grotões ainda capazes de sofregar crescem com as papadas de abissínio em projeções extremamente edulcoradas nos sagazes de pinho finlandês.

Com eles, o bombardino nelore, gongórico e canicular, se acumula em 12 mil bordos de plantéis pedantes mas vacinados e liberados pelas vastidões esmeraldas, cobertas de galicismos maltratados.

A negligência foi concussada nos idos de março do medievo por 70 mil cachalotes conversiveis em polares van dick ou macedônios de prata. A temerária foi passada em cardume, com os mitos rubricados de dois assírios (todos adultos e transgênicos).

Calendas vencidas, mas calorosas em sua cariocinese — quase mitose.

Respiro-as, em celacantos sonoros. Bom.

Nada melhor, porém, que a esotérica e sovina falácia peripatética nas pedras e corredeiras onde a bocarra salmoneia baganas de ovas latentes e frígidas.

Essas lembranças me travecam fundo, já que passei minha indolência inteira nesses doces estertores.

E, num dia fraudulento, dei às de vila Diogo a esses mancais impulsivos, cinerando as matrizes ensarilhadas em ogros e canduras.

Mas, isso, como dizia minha avó, são outros calhaus.

PARA VOCÊ FICAR PODRE DE RICO
VOCÊ PRECISA PRIMEIRO FICAR PODRE.

É O MAIS LINDO ENTARDECER DO BRASIL: PRECISA
VER COMO FICA LINDA BRASÍLIA QUANDO O SOL
NO POENTE ESTENDE SEU CLARÃO SOBRE AQUELE
LAMAÇAL.

Entre árabes e israelenses não poderá haver jamais
nenhum acordo à vista.

7 FILHOS, 9 FILHOS, 12 FILHOS.
NA FOME DO NORDESTE, TEM PELO MENOS UMA
COISA QUE O NORDESTINO NÃO PÁRA DE COMER.

NOS DIAS FRIOS, A ÚNICA
COISA QUENTE NA CASA
DE POBRE É A LÁGRIMA.

Não sei porque as pessoas param para pensar: eu
sempre consigo andar e pensar ao mesmo tempo.

A grande diferença entre sexo por dinheiro e sexo por
diversão é que sexo por diversão sai sempre mais caro.

NO BRASIL, LEIS COM PENAS SUAVES NÃO SÃO
OBEDECIDAS
E LEIS COM PENAS RIGOROSAS NÃO SÃO
APLICADAS.

Se não tem polícia na rua, fuja.
Se tem polícia na rua, fuja.

A PRIMEIRA COISA QUE CHOCA O VISITANTE
QUANDO CHEGA AO RIO GERALMENTE É UM TÁXI.

É como diz a Comissão Nacional de Energia:
— Aqui se faz, aqui se apaga.

NÃO SEI POR QUE TANTA GENTE CONTRA A REELEIÇÃO, JÁ QUE ESTAMOS REELEGENDO O MESMO PRESIDENTE HÁ MAIS DE 30 ANOS, SÓ QUE COM NOME DIFERENTE.

— Eu sou batista, e o senhor?
— Eu sou Pereira.

Rico aprecia o rodízio na churrascaria. Pobre acompanha o rodízio, sentado debaixo do viaduto e vendo o número final da placa dos carros que passam.

A top model na passarela de Nova Iorque foi atacada por um brasileiro: saudades da carne seca.

Se fizerem teste antidoping nos times do Parreira, Leão, Luxemburgo, Renato, Jair Santana, Murici, Dunga, no time de todos os técnicos de hoje, não vão encontrar o menor vestígio de futebol.

Consciência limpa, na maior parte das vezes, é apenas falta de uso.

Garantir que tem uma carreira muito rápida, não significa, necessariamente, dizer que tem talento: pode ser apenas que tenha alguém correndo atrás.

Meu cunhado soube que a mulher dele ia cantar na televisão com pseudônimo e, na mesma hora, disse que ia matar os dois.

Muitos casamentos acabam não dando certo porque certos homens não se reproduzem em cativeiro.

Foi difícil achar o bandido: o retrato falado dele foi feito por um gago.

"Quando tem presunto
Não me convida pra jantar
Mas, quando tem defunto
Me convida pra carregar."

Chama-se Semana Santa porque tem só 3 dias de trabalho.

Fez uma palestra sobre ética no jornalismo: durou vinte e seis segundos.

— Brasil declara guerra da laranja contra os Estados Unidos.
— Não olha para mim: eu não sei atirar laranjas em ninguém.

A BÍBLIA DIZ QUE OS MANSOS HERDARÃO A TERRA. PODE SER — MAS, MANSO NENHUM VAI HERDAR O RIO DE JANEIRO.

Eu tenho a mania de generalizar, de falar de todos, por exemplo, dizendo que todos os brasileiros que vivem no Brasil ou são ladrões ou vão ser. É um exagero evidente: nem todos
brasileiros vivem no Brasil.

CORREIO SENTIMENTAL

Senhor editor.

O meu pai não respeita meus 16 anos e vive me forçando a torcer pelo Corinthians. O que eu faço? Fabio.
Ed. — Mate seu pai. Hoje.

No apartamento em cima do meu a dona tem oito cachorros que latem dia e noite, especialmente nas madrugadas. Já falei ao Síndico, reclamei, não adiantou. Estou desesperado. Tem alguma idéia? Loyola.
Ed. — Mate a dona do apartamento — e todos os cachorros, incluindo o Síndico.

Meu namoradinho vive dizendo que quer ter um filho comigo. Eu não quero, acho perigoso. Tem um conselho?
Ed. — Mate seu namorado — nada vai lhe acontecer, você tem 10 anos de idade. A não ser que seu passado a condene.

O médico que me operou o crânio esqueceu um bisturi dentro do meu ouvido. Não sei o que fazer.
Ed. — Aproveite e corte tudo que for dupla country querendo entrar no seu ouvido.

Tenho quinze anos, muita dificuldade na escola, ainda estou na segunda série fundamental — os outros dizem que eu assim vou ficar analfabeto. Que faço?
Ed. — Parabéns, você vai ser o deputado mais votado.

Já assisti vinte e oito vezes o filme Rocky IV. Me acusam de exagerado. Sou?
Ed. — Exagerado nada, Maguila.

Meu grande sonho é um dia estar na platéia de um programa do Ratinho. O que fazer para realizar meu sonho?
Ed. — Entre para a Faculdade de Ciências e Letras de Niterói. No fim do curso, acho que eles deixam você ver o Ratinho de perto. Você merece e já tem cultura suficiente para acompanhar o raciocínio do seu ídolo.

Estou muito confuso: achei uma maleta no meu táxi com mais de oitenta mil dólares. Quero devolver, mas não encontro o dono. Pode me ajudar?
Ed. — Passe aqui na redação, com a maleta, pra gente discutir o melhor destino para esse dinheiro caído do céu e sem dono.

Moro em S. Paulo e nunca encontro vaga para estacionar meu Fusca 72. Conhece alguma solução?
Ed. — Conheço: estacione em Jundiaí.

A dúvida metafísica que tolhe o caminhar semiótico da minha textura estética anda perfilhando a memória sintática e epistemológica do arquétipo onívoro da minha ética jornalística. Compreende meu estupor?
Ed. — Compreendo perfeitamente, meu caro editor de "Contigo".

Sei que o senhor entende de futebol. Domingo, agora, vou ter que marcar o Ronaldinho. O que fazer?
Ed. — Distensão muscular na sexta.

OUVIDAS EM BARES, ESCRITÓRIOS, JANTARES, TÁXIS E FUNERAIS

Por mais que o Millôr se esforce, jamais será melhor que a anedota de rua, a piada de bar. Apresento aqui algumas que conheço. Como piada é feminino e como sou cavalheiro, nunca perguntei pela idade delas.

Sala de aula, quem responder a pergunta primeiro pode ir para casa.
— Quem disse que a terra é azul?
Menininha se levanta correndo:
— Yuri Gagarin.
Menininho, fulo da vida:
— Essas putinhas deviam ficar de boca fechada.
— Quem disse isso?!
— Bill Clinton, fessora. Posso ir?

Passa caminhão e os caras do asilo enxergam por cima do muro.
— Tá carregado com o quê?
— Estrume de cavalo para colocar nos morangos.
— Você devia vir morar conosco: aqui, a gente coloca chantilly nos morangos.

CANIBAIS

— Detesto minha sogra.
— Deixa de lado e come só o macarrão.

— Vontade de comer a Juliana Paes de novo.
— O que? Já comeu?
— Não, mas na semana passada tive essa mesma vontade.

Moça experimentando vestido com amiga.
— Está muito decotado?
— Você tem pêlo no peito?
— Não.
— Então, está muito decotado.

— A gente deve perdoar os inimigos, compadre.
— Sim, mas só depois que forem enforcados.

— Como é que esse russo, o Joaquim, pinta a carroça?
— O irmão do Manuel? Não sei.
— Empapela o cavalo e pinta o resto.

Japonês chega no balcão do barzinho noturno, com 4 moças.
— Me dá uma Coca-Cola.
— Família?
— Não. Tudo puta mesmo.

— Por que você se casou com essa mulher feia, gorda, vesga, careca e ainda por cima meio boba?
— Pode falar alto: ela é surda.

Passou dois dias e duas noites na farra, no terceiro dia, voltando para casa, parou num telefone público:
— Querida, não pague o resgate. Consegui fugir e logo estou aí.

"Querido diário: acordei boazinha hoje e dei 100 reais a um vagabundo e ele ficou deslumbrado:
— Obrigado, essa é a mulherzinha com quem me casei."

O malandro da cidade tratou de acompanhar o enterro do homem mais rico da terra. Chorava desesperado.
— O senhor era parente dele?
— Não.
— E por que está chorando?
— Por isso.

Na joalheria:
— Eu queria comprar um relógio de cabeceira para minha mulher, é o aniversário dela.
— Ah, uma pequena surpresa, hein?
— Sim, ela está esperando um BMW.

Um negro americano bate na porta do céu:
— Me deixa entrar. Eu mereço. Casei com uma mulher branca no sul do Alabama.
— Quando foi isso?
— Há uns cinco ou seis minutos.

— O que são 500 argentinos no fundo do mar?
— Um bom começo.

Político raramente vai à praia porque tem medo que o gato o enterre na areia.

— O que você joga para um corrupto mensaleiro que está se afogando?
— O resto da família dele.

O homem entra no escritório do advogado:
— Quanto é a consulta?
— 50 dólares por pergunta.
— É caro, não é?
— É. Qual é a segunda pergunta?

xxx

A MAIORIA DOS NOSSOS POLÍTICOS OU PECAM
POR OMISSÃO OU PECAM POR COMISSÃO.

ME ENSINARAM QUE NUNCA SE COMEÇA UMA
FRASE COM PRONOME OBLÍQUO.

O nosso Serviço Florestal, com quase quatro homens,
é muito eficiente: eles só gritam fogo quando
já estão cercados.

SE NAQUELE TEMPO HOUVESSE POLÍCIA, ATÉ HOJE
ESTARÍAMOS SEM SABER QUEM MATOU ABEL.

— É MUITA MISÉRIA, MUITA CORRUPÇÃO...
UM DIA O POVO SE LEVANTA.
— POVO, NESTA TERRA, SÓ SE LEVANTA
PARA GRITAR GOL.

Nos filmes de Quentin Tarantino, seis tiros no peito
é tratamento de saúde.

Para comprovar que o direito de expressar suas opiniões
é um dos mais caros ao homem, basta ver quanto
ganham deputados e senadores.

Como o presidente disse que o Brasil ou cresce
ou naufraga, quero saber: quem vai comigo
no primeiro bote?

O presidente Bush não quer tirar os pés do Iraque:
nenhum dos quatro.

Estão descobrindo e desenterrando novas ossadas
da ditadura argentina.
— Já sei: o ossário vai ser no "monumental de Nunes".

TEM SEMPRE ALGUM MOTORISTA IMBECIL ATRAVESSANDO O SINAL QUANDO O SINAL ESTÁ CLARAMENTE AMARELO
PARA NÓS.

Em política externa, o Brasil está livre e corajosamente ao lado de todos.

Continuo acreditando que só existe uma TV Educativa: a TV desligada.

— Isto é um assalto.
— Um, não: só hoje, já é o terceiro.

**TROCADILHO É UMA TROCA
SEM NENHUM VALOR.**

As bolas do Ronaldinho vão com tanto efeito que quem puser a cabeça nelas fica com o cabelo pixaim.

CRIANÇA, NO BRASIL, NÃO É O HOMEM DE AMANHÃ. É O ENTERRO DE ONTEM.

AS SETE QUEDAS DO BRASIL

1— A queda das barreiras.
2— A queda dos edifícios de apartamentos.
3— A queda dos viadutos mineiros.
4— A queda da bunda da Vera Fisher.
5— A queda nos preços de exportação.
6— A queda no buraco do Metrô.
7— A queda do PT. Aquele.

O BRASIL É GAY

O GAY

Todo homossexual é abençoado por Deus. Por isso, o Vaticano e o Papa von Ratzinger podem berrar quanto quiserem: se Deus não gostasse dos gays não permitiria que Maria tivesse um filho tão bonito — solteiro a vida toda, lindos cabelos cacheados e loiros, olhos azuis, 12 coleguinhas de trabalho, todos homens e, além disso, Ele foi um dos melhores seres humanos que eu já conheci na comunhão. Os homossexuais são naturalmente civilizados e inteligentes. Bicha burra nasce morta. Lésbica burra nasce hetero. Todo talento genial desmunheca.Os homossexuais são muito educados (mesmo os que não puderam ir à escola, por pobreza ou preconceito). Sua educação é feita de ácido, mel e ironia. Alguns terminam também o mestrado em cinismo.Nem mulher consegue dizer a última palavra para eles. Na maior felicidade do homossexual existe sempre uma gota de fel: ele está vivendo numa sociedade que está duas doses a menos que ele. E duas na veia, acima deles. A lésbica é a melhor professora de caráter e dignidade que o hetero pode ter. O clitóris da lésbica é maior que a arma do homem quando se trata de ter ereta, não ela, mas a coluna. A amizade do homossexual com um heterossexual só depende deste último para se deteriorar. Ele torna agradável mesmo aquele cara tão insuportável que até pernilongo foge dele. O homossexual é o melhor amigo que um homem pode ter, pois ele o fará menos imbecil, menos tosco, menos burro. Menos brutal, não.

Fazer milagre ainda não é competência deles.

Um homossexual pode trair o amado, o amigo, nunca.

O hetero trai os dois.

O homossexual estará sempre ao seu lado, aumentando sua morada de felicidade (mesmo que ele não esteja feliz) e tornando mais leve a hora de vestir negro e ficar compungido finado era riquíssimo e você não é parente, nem distante. Não há melhor humor que o do homossexual — especialmente num velório ou em enterros. Fique ao lado dele — e você vai morrer de rir de todos que estão morrendo de chorar. Não existe festa triste se tem homossexual na festa. Essa certeza aumenta se a festa é rica e quem a promove é uma gorda dessas "promotoras de eventos culturais". Nunca, mas nunca mesmo, tente ironizar um homossexual que possa lhe responder. Se cometer a imprudência, a resposta dele fará com que você nunca mais tenha coragem de olhar no espelho.

Ou, sim, olhará — e cairá em lágrimas.

Porque será algo como aquele Lorde inglês no Parlamento, trocando insultos com outro:

— O senhor, milorde, morrerá na forca ou de sífilis.

— Isso, milorde, depende de eu abraçar seus princípios ou sua mãe.

Veddy british, aren't they?

Se o leitor me pedir para escolher o homossexual mais medíocre, sem graça ou talento, um homossexual muito abaixo dos que conheci e conheço no Brasil, eu não tenho dúvida: Cary Grant, aquele bofe mal vestido e horroroso.

Um detalhe, pequeno para os homossexuais, mas muito valorizado pelo resto do mundo: algumas das maiores demonstrações de bravura, destemor e machismo foram dadas por homossexuais. Vale dizer, ninguém é mais macho que um homossexual zangado ou brigando pelo que julga certo.

Ou Madame Satã era flor que se cheirasse sem sair de cara quebrada?

Seja sincero, gostosíssimo leitor desta desmunhecada revista: ao saber que somos um país gay, como provei, você não sente um certo comichão jamais sentido antes, lá naquele lugar que Allan Ginsberg imortalizou, em versos, numa viagem de LSD dentro de um avião, a caminho de San Francisco, a cidade irmã do Brasil, já que em Frisco, "be sure to wear some flower in your hair".

O BRASIL

Considerando essa introdução (êpa) ai acima, vamos agora debulhar o milho nacional e ver se dá quirera — como dizia tia Zulmira do Estanislaw Ponte Preta.

Este país nunca pecou pelo excesso de masculinidade, se é que isso existe em estado natural. Seus pecados são mais católicos — de internatos católicos. Nas encruzilhadas da História sempre falamos com voz educada e encolhida em cima da passarela das Tordesilhas ou nas agruras do Prata. Sempre de salto alto. E olhe a linha do traçado das Tordesilhas, de alto a baixo, bem no meio do Brasil: ora, está claro que é o fio dental antecipado, o Brasil ficava com duas nítidas nádegas como mapa. Já éramos a Virginia Lane dos trópicos, o bumbum do pau Brasil. Rio Branco se sentiu na obrigação de ir lá e arredondar, com o silicone do Acre. Raros brasileiros, com alguns pêlos a mais nas ventas, como o discreto e elegante capitão Virgulino, (conhecido como Lampião pela luz cultural que saia de sua boca ou da boca do seu fuzil) ou Antonio Conselheiro, logo foram chamados de assassinos, monstros, pela amaneirada opinião nacional — e eram apenas medíocres heterossexuais. A única coisa que homossexual mata é o tédio. E, todavia, não existe ninguém com mais coragem que o homossexual — ou Caravaggio alguma vez deixou de arrancar a cabeça do inimigo com punhal na mão, em Roma ou em Malta? Montgomery Clift fugiu da derrota nas luzes e na escuridão da Broadway? Maguila alguma vez sentiu vergonha de ser gay? Eu, por acaso, vou parar de escrever o que estou escrevendo? Nunca. Pode faltar chatice, mas nunca faltará coragem a um simpatizante.

NOSSAS POLÊMICAS

Nossas polêmicas, nossos polemizadores e nossos debates — que entre outros povos terminam em imensos sururus de garrucha ou espada — , aqui se encerram com beijinhos, "desculpe", "que é isso", "foi sem querer", "sua mãe é uma santa". Não é à-toa que foi o Brasil o inventor da "turma do deixa disso". Tomemos Portugal, por exemplo. Lá, quando a discussão, pelos jornais, chega a um determinado ponto de ebulição, deixa-se a retórica de lado e decide-se como queria Eça:

— *Agora é no cacete!*

Aqui, se alguém reproduzir a sentença de Eça, logo recebe um telefonema do seu desafeto surpreendido e feliz imaginando ter encontrado mais um ser humano superior:

— No cacete? Quando, meu bruto, quando?

O MACHO, POR AQUI

O macho, por aqui, sempre foi oral. Garibaldi até se sentiu mal nesta terra e foi brigar na Itália, que deu Nero, os Bórgia, Julio VI, os gladiadores, a máfia e o Bixiga. Nunca tivemos os machos degoladores do civilisadíssimo império britânico. nem os trucidadores da brava alma lusitana, com suas réstias de orelhas cortadas e enfieiradas como cebolas da bacalhoada. Aliás, por que cortar orelhas, que são duas por pessoa, obrigando, depois, a se dividir por dois o número de auriculares decepados, para se saber quantos negros foram assassinados?

Por que não decepar o pênis de cada morto, por exemplo? Uma contagem simples já daria a quantidade exata de eunucos deixados sem vida. Cortar e carregar fieiras de pênis, porém, temo que eles considerassem muito impróprio. E se um deles tivesse sido cortado ainda duro? O que fazer com aquela ereção enfiada no arame? Pior: e se as fremosas raparigas portuguesas vissem aqueles famosos 21 centimetros — e emigrassem em massa para a África?

Decididamente imoral.

Orelhas, não: além de estarem obviamente surdas, não ofendem o decoro e os bons costumes. A Inquisição aprovaria — e todos sabemos como era compreensiva e perfeccionista a inquisição lusitana: para os fora da lei só fogueiras de madeira de lei.

Nunca, por exemplo, tentamos levar a democracia ao Vietnã — um povo que não quis reconhecer a boa mestiçagem dos estupros por uma raça superior e chegou até a reclamar do american way of napalm. Nossa grande violência é de estilingue em sanhaço ou de assaltar o pomar na retirada da Laguna para escapar do escorbuto; repare: não conseguimos nem mesmo ostentar o escorbuto, glória dos sanguinolentos piratas ingleses e fragatas imperiais. O escorbuto confirmaria o detalhe trágico da nossa epopéia, mas, ao invés de nos apossarmos da chaga épica, tratamos de chupar laranjas e limões adoidados — e, no dia seguinte, lá estávamos, corados, com saúde, novos e fresquinhos. Uma intuição cítrica que só gay possui. E ainda chamamos a isso de Retirada da Laguna, quando, na verdade, foi uma retirada do pomar. Nunca fomos lá, na Europa e Ásia matar europeus e asiáticos. E nunca fizemos isso por duas razões principais:

1ª — Não possuíamos dinheiro para pagar o navio que levasse nossos trucidadores à Europa e Ásia.

2ª — Não tínhamos a menor idéia da existência daqueles povos: Europa, para nós, era o Tejo.

Nossa literatura está mais para Inocência, Diadorim e Paulo "*na beira da estrada eu chorei*" Coelho do que para Augusto Matraga, Belmiro Gouveia, Corisco, Antonio das Mortes, Cunhambebe e Cambará. Ruben Fonseca não vale — ninguém sabe, mas eu descobri: é naturalizado. Seguindo: nós temos o dúbio Macunaíma, Pedro

Malasarte, o dengoso e mui cantado neguinho do pastoreio, herói que se chama Uirá, Peri, ou um boto cor de rosa que vira príncipe. Tudo desmunhecando, como se pode notar, e convertendo nosso folclore num dos mais ricos e belos do mundo, mania de homossexual. Outros países jogam na nossa cara Beowulf, Cid Campeador, *O Velho e o Mar*, Winnetou, Emilio Salgari (*Pelo Curdistão Bravio*), Ben-Hur, *O Lobo do Mar*, *Moby Dick*, *An Outcast of the Island*, *Slaughterhouse Five*, *Rimbaud*, O cão dos Baskervilles, Macbeth, Tocha Humana, Hulk, — e dezenas de outros. A Argentina, para não ir longe, tem Martin Fierro.

Fierro.

Tudo bem que nos orgulhemos de Diadorim e Riobaldo — amor e diabo, nossos maiores valores — mas, então, por que não assumir a homossexualidade como um valor positivo da nossa formação:

— Somos bichas, sim. Vai encarar?

Seria um gesto, eu diria, muito mais homossexual de nossa parte.

E deixaria os argentinos totalmente sem fala. Só por isso, valia a pena.

Segue a ladainha da salvação: não louvamos a truculência ou o músculo, mas outras partes do corpo, mais chegadas a um minueto fugaz. Não aspiramos força — mas, rebolado. Nada de bíceps — só nádegas. Iwo Jima, nunca — Marquês de Sapucaí, sempre. Guerra Civil Norte contra Sul, de seis anos?

Jamais.

Começa-se dia 31 de março, dia 1º de abril já está feita a burrada — sem derramar sangue, que nós ainda não desfrutávamos a Rocinha nem o morro do Alemão, e não tivemos La Moneda já que nosso negócio é mais para Granja. Depois, claro, Goya e suas gravuras ficaram parecendo Walt Disney, diante do que acontecia em terra, mar e ar — mas, isso jaz anistiado e, como dizem os interessados em dizer, "não vale a pena levantar de novo essas coisas". Nossas espadas sempre se misturam com ouros, copas e paus. Aquilo que, para os outros povos, surge como uma "adaga assassina", num gênero tipo "Assassinato de

Marat", aqui nós imortalizamos em outro quadro, batizado com a brutalidade que nos define: "caipira picando fumo".

Não posso terminar esta ode ao homo e ao Brasil real — o Brasil Gay — sem expressar a minha inquietação com o vacilo de um de nossos maiores nomes na política nacional:

— *Quando é que o Ministro Rambo Jobim vai sair do armário e confessar sua verdadeira preferência nacional? Ou ele acha que ninguém nota o gay por trás daqueles assomos de John Wayne?*

UMA PÁGINA DA NACIONALIDADE

Até a declaração da Independência às margens plácidas do Ipiranga (reparou no local?) bem que poderia ter sido um espetáculo explícito do jeito e do gênio homossexual.

Talvez, aquele 7 de setembro de 22 tenha se desenrolado de maneira mais bela e nacional, brasileira.

Inventemos, para efeito de narração, a plausível hipótese de que a caravana de D. Pedro I — composta só de gente do mesmo sexo, viajando pelo meio do mato, que tudo permite e tudo esconde — chegasse à famosa colina. Um mensageiro alcançaria D. Pedro, tiraria o lencinho de seda para enxugar o suor e ajeitar o pó de arroz, estendendo o braço para o príncipe:

— Para Vossa Majestade, pegue, pegue.

— Você parece cansado, mensageiro audaz. Tire a roupa e se banhe um pouco nesse riacho de margens plácidas e águas cristalinas. Vamos, tire a roupa.

A caravana toda se assanha, quer ir para perto do riacho e daquela nudez fresquinha.

D. Pedro acaba com a antecipada alegria:

— Eu vi primeiro, esse ninguém tasca.

O príncipe abre o envelope cor-de-rosa, coloca-o junto às narinas, reconhece o conhecido perfume *Eau Fraiche* de seu pai, suspira, abre, ameaça desmaiar. Reapruma-se em sua égua malhada, fica vermelho de raiva.

— Bofe. Biltre. Paneleiro. Como você ousa, bichinha longínqua?

Seu pai pede que ele dê ou desça e D. Pedro pede seus sais. Dar, até que se pode considerar — descer, nunca.

Seu ordenança, de longas melenas loiras, pálido e com escuras olheiras como só poetas e os GLS tinham naquele tempo, entrega-lhe o Leite de Rosas que ele vem usando juntamente com seu *"valet de chambre".*

D. Pedro contrai os cinco dedos e em seguida os solta, borrifando a face. Então faz-se a História.

Arrancando sua espada presa ao cinto de *voile,* rasgando os galardões dourados, desfaz-se do leque que lhe ocupava a mão (o que lhe estilhaça as unhas postiças) e, atirando para longe sua écharpe maravilha, desata o espartilho, empunha a espada com a destreza de quem está acostumado a empunhar, ergue-a acima da cabeça.

— *Ah, é assim? Então, tome: Independência ou Morte. Fala agora, bichinha lisboeta.*

A mais linda e imensa bandeira com todas as cores do arco-íris é desfraldada, ondeando na mão do preboste que a mantivera escondida no armário, até aquela soltura geral de todas as veleidades.

Flutua, livre, a bandeira da liberdade — que até hoje está flutuando na Paulista em vão: o reconhecimento dos direitos dos homossexuais, no Brasil, está mais atrasado que avião de carreira.

Argentina, Chile, Uruguai, países que falam a palavra macho mastigando abelha já reconheceram grande parte dos direitos dos humanos gays.

O Brasil, nada.

Logo ele, o mais gay de todos.

Desfraldada a linda bandeira, foi a conta: o restante da tropa imperial, todos montados em seus fogosos corcéis, desmaiam num arrepio cheio de gritinhos:

— Ai, príncipe, que espada reta e tão levantada. Meu herói, meu Conde D'Eu!

— Ai, que mimoso! Que espada! Me segura, me segura!

— Fofão. Coisinha linda.

— Endurecestes com teu pai, endurece agora comigo, meu Pedrão!

A tropa real arranca, toda arrebitada, em gracioso arco de plumas, munhecas e bundinhas.

Alguns mais afoitos ameaçam cair do cavalo. A cena ecoa com trinados e agudos de sopranos.

Gays, como sempre, fazendo história.

Um carro de boi vai passando ao lado, dirigido a pé pelo carreiro, um desbragado e largo peito lusitano de boa cepa. Olha a cena, os gritinhos, os soluços, a espada ereta, cospe de lado, severo, heterossexual, macho e imensamente ignorante:

— Belo bando de veados!

Virava-se mais uma página da nacionalidade.

O MACHO BRASILEIRO

No Brasil, na verdade, só temos um macho: o mamão-macho. Que, aliás, todos comem.

O FUTEBOL NACIONAL

Querem chamá-lo de *esporte bretão,* numa grotesca tentativa de confundir acidente com essência.

Nascer bretão é acidente.

A essência, porém, é outra: o futebol brasileiro é radicalmente sodomita. Ou não é sodomia aquele farfalhar de beijos e mais beijos entre os rapagões da bola? E aquilo de correr, depois de marcar o gol, e jogar-se de barriga no chão, para que todos venham e saltem em cima, alguns mordiscando o lóbulo da orelha do artilheiro?

Por que não pulam de barriga para cima, como machos?

Vão me dizer que somos penta, os melhores do mundo e isso não se deve ao fato de sermos bichas?

O voleibol, então, é uma festa: todos se atiram numa cama imaginária, todos de ofertório virado para quem quiser e vier.

Deixemos de blagues, como dizia um querido amigo meu*. O que há de másculo em homem correr atrás de homem apenas para tocar a bola dele?

A torcida xinga todo dicionário de palavras chulas, principalmente a "mãe" do xingado (a torcida sabe que no nosso futebol homossexual ofender a mãe é ofender o que o que há de mais sagrado para os esforçados brasileirinhos).

No futebol nacional, mão na bola é considerada falta — falta de decoro, pois as preferências do craque não podem ser evidenciadas para certos setores do público.

---

* *Cagliostro, colunista do Diário da Noite, homem finíssimo — ou, como dizia, homem de princípios e surubas.*

AS RELAÇÕES ESPÚRIAS DO FUTEBOL DE OUTRAS NAÇÕES

O futebol inglês é uma masturbação com a direita ou com a esquerda.

O futebol italiano, conhecendo a fama do amante italiano, joga todo fechadinho, bem apertado: *il catenaccio*.

O futebol argentino é um tango: o argentino sempre pensa que ele é o macho e o outro time, a fêmea. Mesmo assim, ocorre com freqüência a inversão de papéis, quando começa o jogo.

Para definir o futebol alemão, como todo bom intelectual e filósofo alemão gosta, vamos usar um pensamento simples, raso e primário: o que pensar de um futebol que se reúne na *BUNDESLIGA*?

Campeões mundiais: outra dívida eterna com a superioridade dos homossexuais e lésbicas deste gigante adormecido.

MONUMENTO ÀS BANDEIRAS

Quem não viu de perto deve conhecer ao menos por foto: um montão de sertanistas heróicos, todos agarrando o da frente e se deixando agarrar por trás, com a desculpa de empurrar um batelão setecentista, ampliando nossas fronteiras e desvirginando, entre outras coisas, a mata selvagem.

É a grande suruba, merecida, da gayatice nacional.

Tudo magnificamente explícito, sem possibilidade de interpretação suspeita: é bicha atrás e bicha na frente e o Brasil ampliando seus limites.

Se tivesse hetero, seria índio (embora os nossos índios, que nunca souberam o que é preconceito, nem hipocrisia, achem lindo dois adolescentes entrarem nus e de mãos dadas na mata fechada).

E, se a gente deixar a imaginação dar uma corridinha matreira, lembraremos que foram centenas de monções e de bandeiras, todas com mais de um batelão para empurrar e uma vida inteira para ser feliz.

Não é à toa que muitos escritores nossos adoram os sertões.

Pelo menos, não somos, nessa parte, tão hipócritas como no resto da nossa História — esse capítulo leva o título certo:

Entradas e Bandeiras.

Permitidas as entradas e dar todas as bandeiras.

Os americanos, esses homens armados de tudo, menos de espírito e sutileza, quando acontecia topar com uma cachoeira ou corredeira rasa, não titubeavam: desciam todos segurando grossas cordas atadas ao batelão e assim, um aqui, outro a dez metros, presbiterianos e ignorantões, puxavam a embarcação nas corredeiras arrastando o canoão — sem nenhum toque, nem mesmo um leve roçar um pouco mais lírico pela epiderme alheia. Coisa de barqueiros do Volga nas corredeiras das Montanhas Rochosas. Freud não explica, quem explica é Weber e quem santifica é John Wayne.

Só faltava cantarem *Rock of Angels*.

Alivia um pouco essa tendência — sem a perdoar — o fato de terem os americanos, como heróis, os chegados amiguinhos Huckeberry Finn e Tom Sawyer, além das evidentes e geniais demonstrações de homossexualismo nos filmes, Abbot & Costello, o Gordo e o Magro, Gene Autry e seu cavalo dançarino, os 40 anos de casamento feliz de cama e mesa de Cary Grant e Randolph Scott, Roy Rogers cantando *"don't fence me in"*, Calamity Jane (lésbica primorosa), Billy the Kid (que começou a matar quando mataram seu bem amado patrão inglês), Dolly Parton, George Raft, Claudete Colbert, Bárbara Stanwick, Loreta Young, Kevin Spacey, Ane Heche, Ellen De Generis, Jodie Foster e muitos outros, até desembocar no Manifesto Gay para todos os povos — o fumegante e desbravador *Brokeback Mountain*. Mesmo com tudo isso, sobram censura e repressão na cultura ianque.

Não admira que seja um país protestante: diante daqueles castigos à libido, quem não protestaria?

Nós, graças a Deus, somos católicos. Sabemos o que é pecado, sabemos que o pecado nos conduz à perdição da alma, que sodomia é pecado capital mesmo nos colégios internos de padre, que masturbar enfraquece, que a hóstia é o Corpo e se morder sai sangue (para mim e o João Sayad), que o pecado capital é inferno no Além, mas enquanto estamos Aquém, *let's do the right thing*.

Por isso, não adianta muito os americanos se debaterem limitados pelas fímbrias suspeitas do que é proibido e do que é permitido: é só lembrar daquele suspeitíssimo esforço imortalizado na foto dos seis soldados no monte Suribachi, em Iwo Jima, todos tentando erguer a bandeira, um agarrado ao outro, gloriosamente imortalizados em foto.

Todos se esforçando para segurar o mastro, por a mão no pau.

Clint Eastwood bem que tentou, mas não adianta: o desconforto que eles sentiam depois da divulgação da foto nada tinha a ver com ser ou não herói — tinha tudo a ver com sair ou não do armário.

Naqueles tempos, ninguém saia.

Deo gratias, este é um grande país gay.

E, além da Petrobrás e da Polícia Federal, gays são a única coisa competente neste país.

CÂMARA E SENADO: GLOSSÁRIO BÁSICO.
(CUIDADO, POIS.)

CPI:

Comissão **P**arlamentar **de I**ntermediários — Comissões de Câmara e Senado formadas por intermediários, isto é, parlamentares que fazem a intermediação entre os acusados e a pizza.

Comissão Especial de Trabalho — Trabalho feito através de uma comissão especial que costuma variar entre 10 e 20%.

Jeton — Corruptela *upgraded* do nosso "jeitão".

Férias parlamentares — Aqueles dois meses de descanso que vão se juntar aos outros dez meses sem trabalho.

Chapa branca — Já existem movimentos visando transformá-la em *chapa suja* ou — numa opção mais sanitária — *chapa falsa*. O grande identificador, porém, é o *"meu chapa"*, tanto em mensalidades quanto em ambulâncias.

Aparte — Intervenções feitas por outros no discurso do orador da hora geralmente para que o aparteante demonstre sua solidariedade ao projeto do orador visando diminuir o imposto de renda pago pelos bancos, banqueiros, deputados, senadores e suplentes (somente até o 5º suplente, esclareça-se). Ocorrem também nos discursos homenageando o Ministro da Fazenda e donos de empreiteiras e redes de televisão.

Medidas provisórias — Facilmente reconhecidas pela sua origem e pelo fato de nunca serem provisórias.

Sessão solene — Não fosse eu um autor que respeita as instituições, diria que sessão solene é aquela em que um ladrão que exerceu, roubando, um cargo público, visita o parlamento depois de aposentado, mas ainda roubando, como sempre. Faz-se uma sessão solene — nunca menos — com a presença da maioria dos novos ladrões, eleitos pelo povo.

Crime organizado — O Comando Vermelho, o PCC, a Câmara e o Senado.

Congresso — Reunião conjunta do Senado e da Câmara a fim de deliberar sobre assuntos que só interessam aos deputados e senadores. Muito usado, também, para absolver colegas indiciados em CPI.

Significado real da arquitetura da Câmara e do Senado — Câmara: "Me dá um dinheiro aí". Senado: "já tampei, ninguém pode ver, só a gente aqui dentro".

POLITICAMENTE INCORRETO, POLITICAMENTE CORRETO: OUTRO GLOSSÁRIO

Incorreto — O negão estava doidão.

Correto — O afro descendente tomara uma substância quimicamente potencializada.

Incorreto — A criança morreu por falta de água e comida.

Correto — A esperança de um Brasil melhor sucumbiu por seu esplêndido vigor em sede e apetite.

Incorreto — A caminho do hospital, a empregada deu à luz a um menino prematuro dentro da carroça que a transportava.

Correto — Seguindo os preceitos médicos a secretária do lar de profissão entrou em trabalho de parto e viu nascer um *moriturum* prematuro na ambulância do serviço estadual.

Incorreto — O índio esmagou a cabeça do desprevenido invasor branco com seu tacape.

Correto — O habitante nativo do país operou lobotomia radical no incauto colonizador usando instrumento tecnologicamente adequado à operação.

Incorreto — Oito moradores de rua que dormiam junto à porta que nunca se fecha da Catedral apareceram mortos com ferimentos feitos a machadadas.

Correto — Oito optantes pelo sono ao ar livre e que exerciam sua opção junto ao edifício-sede de uma instituição de caráter nãolaico amanheceram em decúbito ventral com marcas que a Policia julga suspeitas. A necropsia deve esclarecer a causa das marcas estranhas.

Incorreto — Jovem de 13 anos, filho de bilionário, dirigindo Mercedes do pai, sem habilitação, atropelou e feriu cinco pessoas que esperavam o ônibus, na Avenida Marginal.

Correto — Homem juridicamente inimputável, oriundo da classe média alta, teve o seu carro amassado por doze marginais, homens e mulheres, pardos, que armavam assalto a ônibus na avenida que deve seu nome a eles.

Incorreto — A negra bebeu guaraná com soda cáustica.

Correto — A afro descendente ingeriu uma bebida energética.

POEMAS D´OC

Fragmentos occitanos e suas possíveis origens

Fragmento I

Descoberto por um pastor de cabras montanhesas nas cercanias de Limousin e Auverne, na França, autoridades no assunto afirmam que o estilo do fragmento é, sem dúvida, o de Bernard de Vendedorn (protegido de Eleonora de Aquitânia). Com o fragmento, no terreno aberto por uma de suas cabras, o pastor encontrou também um lasca de madeira muito antiga. Os estudiosos acreditam que a lasca seja do lenho que Jesus carregou às costas, como está documentado na pícara obra sacro-turística "A Relíquia", de Eça de Queiroz.

De mon quart je busque l´ aurore
Pour tener em mis manu la dame que j´adore
Mis ojos clareant avec laetitia spiller del alma
La ventana qui se ouvre comme Madona mi ser se acalma
Su bouche de Elke Merveille qui veo es ahora tan rossa
Et cosi rossa picaña adentra el alba en la nouit formossa
Pero, ay de mi, el rossa-luz que esplende su carmin
Non es de sa bouche messalina peró del que viene a mim
Arrestar avec joie: el rossa–luz es del carroçón
Y spand la policia PM sur mia cave de amant y de ladrón.

Fragmento II

Acredita-se que estes versos (atribuídos a Beloud de Abau-del'aire) sejam parte de um épico arturiano gravado em junco curtido de uma horta imperial decaída. Tudo leva a crer que tenham sido encontrados junto aos restos mortais de D. Quixote, nas cercanias de Extremeno, restos que foram imediatamente transladados para Madrid onde repousam ao lado de Miguel de Cervantes na Ordem Trinitária. Cervantes tem 8 visitas por dia. O túmulo do herói manchego, cerca de 600 a 800 visitas diárias.

Io vi amo comment le ruissinault, en la nieble de piaui,
Ama el vert provençaux qui corri davant il calor y sol.
Pero ni com toda la sciencia de Tomzé
ni el lengatge qui a mi me assombra
La luz del Houaiss y, comme sabéis, el cantar del arrebol
Puedo tenerte en mi alcova de placeres envuelta en la sombra
Pues que mi corazón e mis partes de abajo — dantanho en tezón —
Hoy piendem al suelo de la desgracia
y ni lo llevanta siquiera Massafera
o el calor de los mañanitos —
pero creo que es asi quand
se ama e se carga más de noventa y ocho añitos.

Fragmento III

Estas poucas palavras foram salvas de um pergaminho encontrado no sudeste francês no Provençal Alpino. Acreditam os seguidores dos lindos Templários marselheses (amigos do casal Jesus/Maria Madalena) serem parte de um texto constitucional escrito por Fréderic Mistral, o Velho, e se refira a uma nova Ordem Secreta ("La Divina Pelúcia del Angel Fornicante") devotada à causa da busca das asas do anjo Anunciador. O texto que se segue foi descoberto por um empenhado criador de papoulas, o que acabou se tornando fonte das mais insolentes especulações sobre a origem alucinada da Langue D´Oc.

Mi ciudad es petite coment mi pênis
pero en ella se acoita tout mi vida
Hay chabras y jardines a oyr mi Chororó a cantar
Com los chatos de Daslu et la masseria de la poblacion querida
Y tout se iba vers la felicidad — pero por los delúbios herida
"naranjas" qui goubernant mi pueblo per le dritto de Reye
Pero al revés de dritto hacen como la bicho en boustcatge
Y la grana de la ambulanción
Et si embalauzis pour mejor robar el tesoro e tout la grey
Com la ganancia y la soberbia de la impunidad — y el oro del mensalón

EDUCAÇÃO SENTIMENTAL

Forme o seu caráter conhecendo alguns exemplos do que o ser humano é capaz de fazer para provar sua humanidade e inteligência

— Durante a Guerra, os nazistas fizeram sair de Auschwitz nada menos que 73 trens carregados somente com ouro extraído dos dentes dos judeus.

Uma lição sobre o valor da poupança que muito animal ainda sonha em realizar.

— Nas refregas do levante civil do imposto do chá, nas quais Boston enfrentou a Inglaterra, esta se retirou das escaramuças depois de descobrir que a Armada trouxera da terra do Almirante Nelson balas de canhão maiores que o calibre dos canhões. As balas não cabiam no cano.

Vou repetir: a armada era inglesa e não de outra nacionalidade qualquer que o leitor possa imaginar.

Ben Livingstone, da esquerda moderada, falando em Londres, cerca de 25 anos atrás:

"Todo ano o sistema financeiro internacional — representado pelo FMI — mata mais pessoas que a II Guerra Mundial. Hitler, pelo menos, era louco".

"Os homens que dirigem o FMI deveriam morrer dolorosamente em suas camas".

"Já encontrei "serial killers" e matadores profissionais, mas ninguém me assusta tanto quanto Margareth Thatcher".

MEU PRIMEIRO DIA DE AULA

No meu primeiro dia de aula os dois mascarados entraram e disseram isto é um assalto então a professora pediu para nós todos ficarmos calmos enquanto ela punha o giz na boca e mastigava feito chiclete. Logo a professora ficou muito branca muito calma e muito caída no chão. Então os mascarados bateram o ponto que nem a gente vê a professora fazer e foram embora. A família do diretor coitado chega amanhã. A polícia, só depois de amanhã.

O papai soube e disse uma palavra feia que mamãe me proibiu de repetir, mas eu vou dizer só as iniciais dela — meu pai disse p.q.p. — a mamãe disse que é "puxa que porcaria".

Então, eu chamei a mamãe de lado e expliquei para ela que p.q.p. é "puta que o pariu".

BRASIL ANO 2017
(se houver)

Brasília Velha — 22 de setembro de 2017 — (do nosso correspondente).

GOVERNO SALVA LAMA

Investigações do atual Governo ADA (Amigo dos Amigos) descobriram no LAMA (Latifúndio da Maconha) uma plantação clandestina de soja.

O LAMA, como todos sabem, é uma plantação de *cannabis* que ocupa uma área que vai do Tocantins até a divisa com o Paraguai. A plantação maconheira, uma das maiores e mais bem cultivadas do mundo no moderno agronegócio do Brasil estava infestada, nos carreadores, por centenas de milhares de pés da soja, mostrando até onde vai a audácia dos lavradores ortodoxos e retrógrados que ainda assolam nosso país. A erva foi prontamente arrancada e queimada no próprio local. As autoridades esclareceram que a presença da soja contraventora não afetará a produção maconhenta nacional, não prejudicará a quantidade a ser exportada nem abalará a parceria com os produtores da Colômbia, sócios do Brasil nessa LAMA.

Professores criminosos

PANCA (Programa de Analfabetização de Crianças e Adultos) já é uma referência mundial. O trabalho de retirar os alunos e adultos das salas de aula para que todos se aperfeiçoem no refino e distribuição da riqueza branca em pó nacional é um sucesso. Existem ainda alguns focos de resistência, como as 40 salas de aula clandestinas que funcionavam nos porões de casas de trabalhadores na Rocinha e que foram descobertas e desmanteladas na tarde de ontem.

Os professores tentaram fugir disfarçados de assaltantes, mas foram facilmente descobertos e arrastados.

Tiradentes não é cultura

A TV Cultura foi multada em 6 bilhões de euros e teve seus equipamentos lacrados por ordem da Justiça depois que se comprovou ter a citada emissora transmitido, por 2 minutos, trecho do documentário sobre Tiradentes com louvores explícitos ao citado contraventor mineiro.

A primeira dama e a gangue dos homens de bem

Um acontecimento bizarro ontem, na Praça dos Três Poderes: raposas invadiram o galinheiro que funciona no espaço do antigo Senado e Câmara Federal. Todas foram mortas pela equipe do Delegado Federal Nandinho Beiramar. Antes de serem exterminadas, as raposas devoraram cerca de 120 galinhas, chesters e perus da criação mantida pela Primeira Dama. Como é sabido, as aves produzidas nos dois galinheiros federais são destinadas a melhorar a ração servida nas 2.540 penitenciárias dos Trabalhadores e Operários Civis e nas 239 prisões de segurança máxima onde cumprem pena perpétua os integrantes da perigosa gangue dos Homens de Bem, desbaratada nos primeiros anos do século XXI.

Firmado Acordo com a Malásia: ópio garantido

Nosso enviado especial à Malásia informa que foi, finalmente, assinado o Acordo Internacional de Comércio do Ópio com aquela região econômica (composta de nove países). A Malásia, porém, não cedeu aos apelos do Brasil para liberar a exportação de suas sementes de *papoula rex* (a mais rentável), séria reivindicação dos atuais plantadores brasileiros.

"A mediocridade acabou"

Com a adesão do corpo docente da Universidade de Belo Horizonte, o pensamento filosófico universitário agora se unificou em torno do pragmatismo de William James, John Dewey e Oliveira Viana, abandonando com coragem a acitara metafórica dos desvios oriundos do pensamento platônico e aristotélico em algumas de suas extrações secundárias.

O professor Gianotti, expulso há 10 anos de todas entidades acadêmicas, tentou sabotar os trabalhos dos catedráticos mineiros, mas foi preso.

Platão, Aristóteles, Santo Agostinho, Hegel, Heidegger, Kant, Nietzsche, Spinoza, Marx, Wittgenstein, Foucault, formalistas e racionalistas, todos estão, desta forma, definitivamente fora de qualquer currículo universitário.

Concluiu-se também, na semana passada, o trabalho de substituição das lições de Carl Jung pela teoria de Lacan, depois que Freud também acabou definitivamente banido do currículo e da Biblioteca.

"A mediocridade acabou" — disse o atual presidente da prestigiosa academia.

ABL entroniza José Mauro e J. G.

A reprovação final e total da obra de Guimarães Rosa, Carlos Drummond de Andrade, Tomzé, Machado de Assis, José de Alencar, Gilberto Freyre, Décio Pignatari, Gregório de Matos, Mario de Andrade, Caetano Veloso, Chico Buarque, padre Vieira e Antonio Cândido foi promovida pela Academia Brasileira de Letras em sessão solene na noite de ontem. Na mesma solenidade foram entronizados como tutelares da Academia o genial romancista José Mauro de Vasconcelos, cujas obras estão sendo reeditadas pela BESTA — Brasília

Editora e Seleção Textual Atualizada — e o poeta maior da nossa língua, J. G. de Araújo Jorge.

A guarânia carioca enlouquece a juventude

Pela 32ª semana consecutiva, os CDS de música brasileira mais vendidos comprovam a massiva aceitação do novo tango sertanejo/country, o vitorioso bolero suburbano, o corrido mexicano-paulista (chegando agora ao Centro Oeste) e as guarânias cariocas que alguns ligam diretamente à obra imortal de Adelino Moreira. Somente a Bahia ainda não canta a nova música brasileira. Em alguns redutos, como Santo Amaro da Purificação, pesquisadores encontraram o samba de roda (ainda com ritmo marcado no prato de louça), o batuque e a música axé (em Salvador). Tem-se notícia de que também em São Luiz, no Maranhão, o rasqueado guarani ainda não é dominante, havendo forte resistência da batucada e dos tambores de Mina, com uso, inclusive, dos famigerados ganzá e reco-reco. Para se ter uma idéia do atraso musical desses recônditos, diz-se que em algumas reuniões da mocidade baiana ainda se ouve o *rock-and-roll* (classe média), o *reggae* e a batucada (periferia praieira).

É preciso que o Ministério da Cultura, agora nas mãos capazes de Severino Cavalcanti, atue de maneira mais insólita nesse território baiano para acabar com esse atraso negro e viciado de axé.

Time de 21 jogadores

A proposta de Parreira e Zagallo à FIFA para mudar o número de jogadores de cada equipe de futebol — seriam 21, sendo 12 na defesa, 8 no meio-campo e 1 meia, recuado, no ataque — está sendo estudada com muita simpatia pelo atual Conselho Renovador da entidade, formado por Havelange, Blatter e os Anciões Maiores. Como se sabe, a candidatura de Zagallo ao Conselho não foi aceita pelo fato do celebrado técnico não apresentar idade suficiente exigida para o cargo.

Réu confessa integridade dolosa

Terminou ontem o longo processo do julgamento de José da Silva, 33, acusado de **integridade dolosa** durante negociações com o Governo Federal.

Como se sabe, as autoridades descobriram que José da Silva rejeitou, por cinco vezes, a oferta de depósitos na sua conta em troca de sua adesão aos planos do Governo para erradicação das lavouras familiares de hortaliças e outros produtos considerados ilegais.

Demonstrando muita frieza, o réu confessou ter recusado a propina oficial porque, segundo ele, "ia contra os seus princípios".

A defesa tentou provar que o gesto do réu era passional, não refletindo sua verdadeira conduta, dando exemplos de ganância, imoralidade e crimes em sua vida pregressa, inclusive como homem público.

A promotoria, contudo, apresentou provas irrefutáveis da conduta honesta do réu, enquadrado na lei dos Crimes Hediondos. José da Silva foi condenado à prisão perpétua e cumprirá pena na mesma prisão onde estão Clóvis Rossi, Jânio de Freitas, Joelmir Betting, Juca Kfouri, Mauro Betting, Heloísa Helena, Sérgio Augusto de Andrade, Cardeal Arns, o ímã de S. Paulo, Antonio Candido, Inês Dolci, Danusa Leão, Angeli e os irmãos Caruso, Glauco, entre outros.

Na mesma sessão, o Tribunal arquivou processo pelo mesmo crime contra um certo Arapuã (ignora-se seu nome de batismo). O Tribunal julgou que a lei não pune o acusado, quando ele demonstrar ser totalmente incapaz de articular o pensamento — em suma, como diz o art. 5, *quando ficar provado tratar-se de débil mental consumado.*

— Parece que vão lançar novamente o Maluf.
— Pra onde?

Meu computador deve ter algum tipo de tara. Sempre que eu comando "ENTER", ele pergunta:
— Em quem?

Chama-se de partido a agremiação política no Brasil porque, na verdade, não existe nenhum inteiro.

O único sujeito no mundo que vê rico atrás das grades é o caixa do banco.

Quando chove, os jogos do Pacaembu são adiados a fim de não estragar o perfeito serviço de drenagem do gramado.

Quando há um choque entre zagueiro alemão e centroavante italiano, entra em campo o funileiro.

Pobre só vai para frente quando o cassetete acerta na nuca.

Tráfico de drogas no Brasil é um negócio que a gente sabe por onde entra, sabe como entra, sabe para onde vai, sabe com quem vem, sabe para quem vai, sabe quem compra, sabe quem vende, sabe quem são os chefes. Infelizmente, é muito difícil combater porque faltam maiores informações e pessoal especializado.

Solteiro, você passa a vida comendo em bares e lanchonetes de terceira categoria.
Casado, isso muda por completo: ela exige restaurante de primeira categoria.

Salário mínimo é essa lei federal pela qual você passa a receber, por mês, a quantia exata para viver trinta anos atrás.

COISAS QUE EU NUNCA VEREI

— Alguém lendo, no metrô, "Retrato do artista quando jovem".

— Alguém lendo no metrô.

— Alguém lendo.

E o pior é que, se fecharem o Senado, não dá nem para usar como galinheiro: está sujo demais.

ENTENDA TRANSMISSÃO DE FUTEBOL

1 — Quando o locutor diz que *"fulano tranqüiliza a defesa"* — é porque "fulano" atrasou a bola para o goleiro lá do meio do campo.

2 — Quando o comentarista afirma que o time precisa *"tocar mais a bola"* — é porque o comentarista não sabe absolutamente nada do que o time precisa.

3 — Se o comentarista fala que "*é preciso paciência para abrir essas defesas*" — é porque o time está trocando passes laterais entre os zagueiros, perto da nossa área. Faz meia hora. E o comentarista está perdendo a paciência.

4 — O início do jogo também merece apreciação: "Vai começar a partida! A partir deste exato momento, serão quarenta e cinco minutos de pura emoção! Apita o juiz! Ronaldo para Kaká, atrasa para Emerson, toca na direita para Cafu, este para Roberto Carlos que atrasa para Dida, nosso goleiro".
Quanta emoção.

5 — Quando o comentarista esclarece que *"fulano é importante no esquema tático do time embora não apareça para o público"* — é porque "fulano" é famoso e não está jogando nada.

6 — Quando você ouve o Galvão Bueno confessar que *"neste início de jogo, a seleção está visivelmente tensa e nervosa"* — é porque o Galvão está visivelmente tenso e nervoso.

7 — Quando se ouve que o *"brasileiro entrou firme na jogada, embora sem má intenção"* — é sinal de que a cabeça do uruguaio já está no colo da graciosa torcedora das numeradas.

8 — Quando o Galvão Bueno solicita, como quem não quer nada: *"vamos lá, Tino Marcos, me dê a lista dos jogadores que podem entrar, caso Parreira queira fazer uma substituição"* — é porque o Galvão Bueno está querendo substituir os onze que estão em campo.

9 — O narrador sinaliza que *"o volante adversário vai cobrar a falta e levantar a bola na área do Brasil, tanto que todos nossos zagueiros, como pode ver o telespectador, estão marcando homem a homem os atacantes, coisa que o Parreira treinou dezenas de vezes, para impedir o gol de cabeça do time deles. É sempre uma garantia"*.
Gol de cabeça do time deles.

10 — Quando Luciano do Valle com seu vozeirão fala que *"estamos nos descontos, temos ainda minuto e meio de jogo e o Brasil pode mudar esse placar de zero a um para eles, arrancando um empate em um a um, pode ser, como não, já aconteceu várias vezes, vamos lá, vamos buscar esse empate"*.
Zero a um para eles.

"Graças a Deus, minha mulher e os sete filhos já morreram. Só eu que estou ainda vivo, mas eu sempre fui muito azarado mesmo."

Rico combate o calor com uísque e gelo. Pobre combate o calor entrando para o corpo de bombeiros.

Tosse? Vá até a farmácia e pergunte pelo preço do remédio que você vai ver o que é bom para a tosse.

Só existem três lugares hoje no Brasil em que se pode dizer que há devastação geral: na seca do Nordeste, nas enchentes do Sul e no resto do país.

A luta do Exército contra os traficantes é duríssima — afinal, é muito difícil para o Exército lutar em tamanha inferioridade de homens e armas.

Sirene, coisa nenhuma. Aquilo é o grito do negrão inocente que vai lá dentro.

Quando Hugo Chávez morrer, vai deixar esposa, filhos e a República da Venezuela.

Salto com vara é um horrível pleonasmo.
Quem é que salta sem vara?

— Naquela pilhagem do supermercado, talvez aquela negrinha que levou meio litro de leite possa ficar livre.
— Livre? Você já está insinuando que aquela ladra escape da Justiça? Que é, pensa que cadeia foi feita só para os ricos?

— Papai, o que é "reação do mercado"?
— Isso não é assunto para crianças. Vamos falar de *felatio in ore*.

Clube noturno é onde se vende uísque verdadeiro e não essas grosseiras falsificações feitas na Escócia.

O Papa falou contra os homossexuais, a favor da virgindade, contra camisinha, contra segundo casamento e ameaçou de excomunhão quem votar pelo aborto. Foi duro agüentar — sofremos. Mas, dona Marisa (quem mais), vingou-nos a todos dando ao Papa o retrato dele pintado por Roberto Camasmie.
Coisa de Lucrécia Bórgia.

Tão insuportável que nem pernilongo ficava perto dele.

A LÍNGUA QUE FALAMOS

Tenho percebido, nestes últimos anos, alguma confusão por parte dos brasileiros no uso da nossa língua. Estamos, em muitas ocasiões, usando algumas palavras e expressões idiomáticas que não são do nosso vernáculo. Os exemplos são fáceis.

Liquidação — Use somente *sale*.

Vai com calma — É o nosso *take it easy*.

Mãos ao alto! — Nós diríamos *hands up!*

Merda — Creio que todos nós sabemos que significa *shit*.

Deixa de enrolar — O nosso *don't beat around the bush*.

Apagar — Examine o contexto: quase sempre dizemos *delete*.

Descontos de até 50%! — Trata-se do nosso conhecidíssimo *50% OFF!*

Baixar — Na nossa língua, a expressão correta é *download*.

Atraso — Por que usar essa expressão espúria se temos nosso *delay?*

Esquentar os motores — Na língua que falamos é *warm up*.

É o amor — Em todo território nacional aprendemos o refrão cantado por nós: *that's amore*.

Perigo — Cuidado com o uso. Na nossa língua sempre escrevemos *danger*.

Terceirizar — Versão grosseira do nosso castiço *outvoicing*.

No nordeste, pobre só bóia quando vem a enchente.

Político que fala em seus princípios, está escondendo os seus fins.

Chega o frio, rico aumenta o guarda-roupa.
Chega o frio, pobre aumenta a dose.

Hospital de trabalhador é tão previdente que já durante a construção a placa na obra vai avisando:
Inútil insistir: não há vaga.

No sul, eles fazem boneco de gelo com a cara do Ministro da Fazenda. Nunca fica perfeito porque o boneco sempre acaba aparentando certo calor humano.

Como eu posso acreditar no futuro de um país que ensina como ganhar a vida mas não em sina como viver a vida?

O REVISOR DO S PONTO E SEU FINAL FELIZ

Começou em jornal na então avenida Irradiação (hoje, Tiradentes), junto ao Mercado Municipal de São Paulo, em 1950. Era um prédio com mais de quinze andares e, no 7º e 8º, funcionavam, respectivamente, o *Deutsch Nachritenn* e o *Diário de Notícias*. O *Diário* era dirigido pelo Galeão Coutinho, um homem que ele admirava por vários motivos. Um deles: era o autor do romance *Simão, o Caolho*. Outro: ostentava uma basta e ondulada cabeleira branca. Num dos pontuais desastres do desastroso DC-3 da Real Aerovias, a alva cabeleira de Galeão ficou espetada como um escalpo na ponta de um galho de árvore. Também admirava Galeão como profissional implacável. Uma noite, terminara de ler uma matéria em português ainda mais pobre que este que o privilegiado leitor deste mimoso exemplar ora saboreia. Chamou o autor à sua mesa. O asno chegou, e Galeão Coutinho espichou-lhe as duas laudas datilografadas:

— Faça-me o favor: vá ao banheiro com esta sua matéria e volte dele sem ela.

Recomendado por Elias Miguel Raide, jornalista bom e contista ansioso, começou no *Diário* como quinto suplente de revisor. Só ganharia se faltassem cinco revisores. Geralmente, nenhum faltava.

Não sei como imaginar isso, mas o Elias ganhava ainda menos que ele — e os dois, com quase oitenta centavos sobrando nos bolsos, subiam para um sobrado da família Adams na Rua 25 de Março e lá, numa mesa nua e furada de cupim, devoravam o prato fundo, cheio de trigo preparado como arroz. Única refeição diária, mas, eles babavam diante do grão de trigo gordo, grande, cozido.

Custavam sessenta centavos os dois pratos, dele e do Elias. Caros, porém cozinha internacional (síria) de primeira.

Chefe da revisão, Itamaraty Feitosa Martins queria ajudar, mas os titulares não ajudavam: nunca faltavam, e, naqueles dias, dois, cinco cruzeiros que ele pusesse nos bolsos eram como cocaína na veia — delirava com a dinheirama.

Elias dizia, agachado de rir, que pobre como nós só bóia quando vem a enchente, e acrescentava:

— Graças a Deus, sou católico, posso engolir a hóstia, ainda é grátis.

O suplente morava em pensão, na suíte de luxo com bolor exclusivo e janela abrindo para o beco. Havia, também, suítes de umidade executiva, com direito a tuberculose se o pensionista morasse por mais de seis meses. Além dessas acomodações especiais, as pensões ofereciam quartos comuns, com uma cama — e quatro paredes encostadas nela.

À noite, quatro num cubículo, dormia-se ao som do ronco tonitruante de um deles, e com o vento gaseificado da liberação sem pudor dos outros dois. Dante Alighieri, ali, era Cecília Meireles. Pelo grunhir, um chiqueiro — pelo odor, um esgoto. Mas o que eram os roncos e os gases, se comparados à comida servida todos os dias? Temia que fosse verdade o que dizia o Lívio Abramo: pobre só vai para frente quando o cassetete acerta na nuca.

O quinto suplente aparecia todas as noites e olhava a revisão. Olho comprido, de dar torcicolo em um ou dois titulares. Ansiava por uma epidemia, paralisando em suas residências, por uma semana que fosse, os titulares cus-de-ferro. Um sarampo medieval, uma catapora purulenta prostrando todos na cama — mas, sem matar. Não queria subir na vida matando titulares da revisão. Não veio a epidemia, mas veio o Feitosa Martins. Faltou ao serviço somente um titular, mas o Feitosa pediu aos outros quatro suplentes que o deixassem trabalhar.

Finalmente, estava no umbral para ingressar no jornalismo sério, o jornalismo de Wainer, dos Abramo, Frias, Barbosa Lima, Nelson

Rodrigues, Ponte Preta, Sacchetta: ia fazer uma revisão. Quando o texto chegou, tomou-o nas mãos, trêmulo. Com o revisar da notícia, ele estaria trabalhando em jornal, já seria praticamente um jornalista. Terminada a revisão, alcançaria o panteão dos "jornalistas calejados", como o Joel Silveira. Foi ao texto como vai o jovem noivo alucinado ao corpo da sua noiva virgem (naquela época), na noite de núpcias. Ansiava por se atracar com o hímen do primeiro erro, qualquer erro.

Pior que a morte, brochar sem corrigir. Precisava revisar, ansiava por usar o lápis em alguma linha do texto, marcar o erro, puxar para a margem e cifrar a correção feita por ele. "Feita por ele" — isso ressoava na sua alma inquieta. Mas e se aquela composição relativamente curta fosse toda correta, sem erro algum? Como salvar sua carreira de jornalista, com uma tragédia dessas logo no seu tiro de partida, revisar sem encontrar qualquer erro? Os titulares da revisão, no dia seguinte, diriam, com olhar superior:

— Suplentes. E querem trabalhar.

Queria o tumor do erro, extirpá-lo com a ponta cirúrgica do seu Johann Faber. Meia hora depois de iniciada a grande tarefa, Feitosa passou como quem não quer nada e espiou o trecho de texto. O futuro revisor colocou a mão como se fosse escrever algo, mas tentava esconder o tamanho da prova: dezoito míseras linhas sobre a nomeação de um funcionário da prefeitura, e todas elas sem nenhuma correção. Pensando bem, nem era notícia, mas, para o quinto suplente de revisor, era a manchete do dia:

MÉDICO NOMEADO PELA PREFEITURA DE SÃO PAULO

Leia mais detalhes no texto abaixo, revisado pelo renomado jornalista Raimundo Cavalcanti

Nada mal, como começo de carreira. Feitosa deixou que o senso de amizade triunfasse sobre o dever da chefia — e seguiu adiante, para outra banca. Ele prosseguiu, febril, no trabalho de impiedoso cata-piolho. Parava em alguma palavra, pronunciava-a baixinho, uma, duas, cinco vezes: era o desespero por uma dissonância que o autorizasse a tacar o lápis e deixar a marca do seu vibrante jornalismo, uma arma do povo.

Onde estava aquele encontro de duas vogais sem o hífen? Cadê o verbo no tempo errado? Onde a palavra "prefeitura" grafada "perfeiturta"? Quando toparia com o encontro consonantal equivocado? Em que frase está o período intercalado que faz esquecer a conjugação verbal principal? Onde "a maioria... sentiram"? Cadê o erro, cadê? Achar um erro parecia mais difícil que levantar impressões digitais na água de uma piscina.

— Meu prato de trigo cozido por um erro — desesperava-se o suplente.

Sonhava, como sempre: muitos trotskistas e vendedores de maçã do amor lhe diziam que era preciso ter os pés no chão, como eles.

— Quem tem os pés no chão, é porque está sentado no vaso — retrucava, fulo.

Como restassem cinco ou seis linhas, o destino parecia traçado: caminhava para uma calamidade, uma tragédia para o resto da sua vida. Nem mesmo a ababelada suposição de que, não encontrando erro, poderia se inspirar e escrever algo parecido como *The Nigger of the Narcissus* ou outro desesperado *E Agora, José?* (*E Agora, Raimundo?*), mas, lá no fundo, sabia que se escrevesse algo baseado em sua tragédia seria um pequeno conto recusado por todos os editores: *Um Dia de Cão*.

Jamais seria jornalista. Como ser jornalista, se não principiasse a sê-lo naquele fluxo de língua portuguesa sem falhas, perfeito na gramática, impecável na ortografia, demoníaco?

Maldição.

Agora, já lia xingando o texto, desacreditando na profissão, tão cedo e já tão abatido pelo revés do jornalismo sério. Era a última linha do texto da notícia, e ele a releu pela sétima vez:

A cidade de S. Paulo conta, portanto, desde hoje, com o trabalho competente do Dr. Severo Almeida Gomes.

Cortava o coração: nem o nome do infame funcionário o redator escrevera errado. É sempre assim, filosofou, os certinhos ferrando os bons e errados, como ele. Viu o seu fim. Esmagado, levantou o papel da prova para passar adiante com a sua assinatura de revisor-substituto da hora, quando uma palavra saiu do texto, pairou, brilhando, acima dele, como um halo santo: um erro! Uma onda quente de felicidade invadiu o quinto suplente. Retornou a prova à banca, seguro do que fazia, um jornalista no melhor do seu desempenho profissional.

Consciente, grave, maduro.

Tomou o lápis, olhou sua ponta, foi ao apontador, montado no fim da mesa, deixou rodar e cair finas volutas de madeira ondulada no chão. A ponta parecia luzir, fina e severa. Apoiou a mão para firmar o papel impresso, fez um risco pequeno, forte e vertical no S da palavra S. Paulo e, na margem, à mesma altura da linha daquela abençoada palavra, corrigiu, compenetrado e capaz: *São*.

Nada de "S ponto". O certo, no jornal, era o São por extenso, tinha certeza: nada de "S. Paulo", revisado pelo nomeado jornalista para "São Paulo". Vitória! Começava de maneira magistral sua carreira no jornalismo. No dia seguinte, apanhou o jornal, um exemplar da redação, folheou e procurou, impressa, a notícia que ele revisara. Temia ejacular, quando lesse a nota revista por ele. Melhor do que Fla 6 x Flu 1.

Ofegante, coração aos pulos como um botafoguense dopado, desceu para o pé da página e lá estava a notícia. Os olhos pularam para o trecho final, no qual ele topara com a glória do S ponto. Olhos molhados, percorreu a linha final para ler o *São* Paulo da sua autoria. Lá estava:

A cidade de S. Paulo conta, portanto, a partir de hoje com o trabalho competente do Dr. Severo Almeida Gomes.

S ponto.

Nunca mais ele apareceu na redação. Dizem que foi trabalhar num circo, limpando os aposentos do elefante e, como jornalista, escrevendo, com giz branco e molhado, numa lousa negra fora da lona, informando preço da entrada, meia-entrada e senhoras acompanhadas, eufemismo para amasiadas.

No pé da lousa, uma discreta rubrica: *R.C.*

Assinava aquela notícia em giz, o máximo que conseguira na profissão jornalística. E era feliz: afinal, nem todos nascem para Samuel Wainer.

ESCALA DECRESCENTE DE SALÁRIOS

A ideologia é filha do salário. Uma pessoa não é a favor da divisão de riquezas se a riqueza que vão dividir é quase toda dela. Você pensa politicamente aquilo que você recebe no fim do mês. Cem mil? Viva o Meirelles.

1 — Viva o mercado!
2 — Viva a iniciativa privada!
3 — Viva a democracia!
4 — Remuneração razoável.
5 — Remuneração sofrível.
6 — Salário mínimo.
7 — Simpatizantes.
8 — Viva o PCB e o Osama!

Tão requintado que só comia couve-flor
se a flor fosse orquídea.

Na periferia de Brasília, o povo está dando graças
a Deus porque a hóstia ainda é de graça.

Do jeito que foge preso pelo portão principal
da Detenção, aquilo não é portão de entrada
— é portão de saída.

E você começa a falar muito no desnível entre o
Nordeste e o Sul, vem aí um desses tecnocratas e
resolve o problema: deixa o Sul também pobre.

Quero ver com que cara vão ficar esses traficantes no
dia em que a polícia passar para o nosso lado.

As coisas inferiores que a gente vê no mundo
foram sempre feitas por ordens superiores.

O Brasil exporta urubus para a Europa.
País maravilhoso: quando as coisas ficam pretas,
a gente exporta.

A elite brasileira é essa parte da população que, se
souber que o chefe político e o banqueiro vão ao baile
fantasiados de cachorros, dão logo um jeito de se
fantasiar de poste.

Faça como os políticos honestos: roube menos.

ERRAMOS

Gosto muito de ler a seção de erros dos jornais. É sempre reconfortante ver toda a modéstia ao lê-los sugerindo que os erros são somente aqueles anunciados ali ao pé da página.

A foto publicada ontem na primeira página como sendo de José Sarney era, na verdade, de Nikita Kruschev.

Na página 2 do 3º caderno noticiamos a realização de uma passeata dos entregadores de pizza no dia de ontem. Na verdade, a passeata foi em novembro do ano passado e era das mulheres da Praça de Maio.

Na página 5 da Ilustrada dissemos que Julia Roberts foi a atriz principal do filme... *E o vento levou*. Correção: quem estrelou o citado filme foi Sharon Stone. Julia Roberts protagonizou *Rashomon*.

Não era de Fernandinho Beira-Mar, como dizia a legenda, a foto publicada ontem na página policial, e, sim, do saudoso Cardeal Lorscheider.

Carnaval bom era o de 90 anos atrás. Os foliões passavam pelas ruas estreitas e as pessoas, de dentro da casa, jogavam nelas um pó branco que até hoje a polícia pensa que era farinha.

— Conhece o Papatudo ?
— Conheço, trabalha lá na oficina comigo.

Meu marido ganhou 10 milhões só este mês. E o seu?
— O meu trabalha.

A gente combate maconha, álcool, cigarro, cocaína, heroína, ópio, morfina, crack, anfetaminas, desigualdade social, terrorismo, colesterol, éter, fumo, tracoma, dengue, pé de atleta, mas ninguém se lembra de combater o cara que chega abrindo os braços: "Salve, mestre, como vai essa bizarria?"

TECNO — VOCABULÁRIO

Para viver no mundo de hoje, além de corrupto, você precisa conhecer a nova linguagem tecnológica.

S.O.B. — Famosa sigla da língua inglesa cujo significado entre nós é *Senator of Brazil*.

Made in China — Feito em qualquer lugar do mundo onde haja escravos, como na China e no Brasil, só que o Brasil não exporta.

Royalties — Tipo de juros sobre coisa nenhuma.

Quark — Partícula do núcleo atômico capaz de passar ao mesmo tempo por dois pontos diferentes, mantendo-se como única. Coisa que só senador consegue fazer.

Big Bang — Expressão que esconde a incapacidade dos cientistas em saber como tudo começou.

Agricultura Sustentável — Você compra um latifúndio, derruba, queima, planta, colhe e, com parte dos lucros, sustenta a compra de outro latifúndio de mata virgem, derruba, queima, planta, colhe e com parte dos lucros você sustenta a compra de outro latifúndio — agricultura sustentável.

Sistema digital de TV — Novo sistema de transmissão de sinais. Para dar uma idéia do preço do aparelho basta dizer que é de plasma. Como no nosso sangue.

Nuclear Weapon — Armas tão destruidoras e mortais que somente os Estados Unidos se autorizaram a fabricá-las.

Nano — Medida desenvolvida depois da avaliação dos cérebros dos técnicos de futebol.

Efeito estufa — Os países ricos o fabricam e nós passamos a viver dentro dele.

E-MAILS DAQUI — E D'ALÉM

De: Hitler
Para: Bush
Ah, se eu tivesse a sua determinação!

De: Elis Regina
Para: Maria Rita
Me perguntam aqui quem é você. O que devo responder?

De: Guns 'n Roses
Para: Rolling Stones
Por que essa mania de tocar tão baixinho?

De: Bush
Para: Comandante americano no Iraque
Tanques, canhões, Abu Ghraib, napalm, torturas? Que frescura é essa? Eu disse para endurecer!

De: Bernardinho do vôlei
Para: Torcedores e Jornalistas
Rabo? Eu?

De: Ang Lee
Para: Silvester Stalone
Gostaria que você fosse o protagonista principal do meu novo filme Brokenback Rambo.

De: Condoleezza Rice
Para: Hugo Chávez
Não entendi. O número 666 no meu couro cabeludo?

De: Ronaldinho
Para: jogadores do Barcelona
Prestem atenção e vejam como é fácil.

PERGUNTE AOS UNIVERSITÁRIOS

Se você pensa que essa ignorância universitária é exagero de humorista, coisa acidental que acontecia no Show do Milhão, leia então os profundos pensamentos, ilações e teses extraídas das provas universitárias e de vestibulares. Deixemos que eles abram a boca e cantem a glória do ensino brasileiro. Foram recolhidas em jornais e revistas. Desfrute. É o nosso futuro presidente, senador, deputado, quem vai falar.

GRUPO 1

A revolução industrial começou quando o homem parou de se reproduzir à mão e passou a se reproduzir à máquina.

Pedantismo é a vaidade de quem gosta da forma como anda.

A América celebra o dia do armistício para eternizar a guerra mundial.

Adolescente é a fase entre a puberdade e o adultério.

Polígono é um homem com várias esposas, todas vivas.

Álgebra era a mulher de Euclides.

Epístola é a mulher de um apóstolo.

Eugenia é a ciência que nos ajuda a escolher nossos pais.

Trombose é um instrumento musical parecido com chifre e usado pelos músicos de jazz.

Um axioma é uma coisa tão visível que não necessita ser vista.

Pirâmides é uma cadeia de montanhas entre a França e a Espanha.

A história nos ensina muitas coisas úteis sobre os nossos descendentes.

Esôfago é um famoso templo que os gregos ergueram em homenagem a Júpiter e não deve ser confundido com outro Esôfago, autor das fábulas de Esopo.

Genocídio é o ato de se ajoelhar na Igreja para rezar.

CONHEÇA QUEM MANDA EM VOCÊ, NO PRESIDENTE, NO MINISTRO DA FAZENDA E NO MUNDO: CONHEÇA O MERCADO

Ordinárias — São ações praticadas por torcedores de futebol, deputados e senadores, vereadores em geral, motorista de táxi carioca, profissionais lipoaspiradores, advogados de traficantes e velhinhos em tempos de incontinência urinária.

Nominativas — Aquelas ações que trazem por escrito o nome do *laranja*.

Preferenciais — São aquelas ações que envolvem indústrias farmacêuticas, corporações de extração vegetal na Amazônia, escritório financeiro no Caribe, bancos, a gravadora dos românticos do "country", ações contra devedores pobres, venda de software e operações de redução do estômago.

"Crack" da Bolsa — Naji Nahas. Por vários anos.

Ordinárias nominais — Ações que, além de ordinárias, trazem o nome da ordinária, como Margareth Thatcher.

Temos oleoduto, derivado de óleo. E temos viaduto,
derivado das melhores famílias.

O sugerido pão de trigo com mistura de milho
é até muito bom, desde que você tenha em casa
um machado.

A globalização está levando rapidamente a relação
indústria-operário para o século XIX.

Frevo: uma dança inspirada nos esforços que o
nordestino faz para parar em pé, mesmo sem comer.

Tão míope, tão míope, que quando terminava de ler
o jornal tinha de limpar a tinta dos óculos.

Votação na China

— Como é que eu faço para votar?
— Ali está a cabina. Se quer votar na Oposição, use a cédula verde. Se quer continuar vivo use a vermelha.

No Banco

— Eu queria ver o movimento da minha conta nos últimos 30 dias.
— O sistema caiu.
— Eu também queria pagar...
— O sistema voltou.

— Dizem que a queda das moedas ringitt, won e rúpia pode abalar o nosso real.
— Real? Que nome mais estranho para uma moeda.

— Meu marido arrumou um emprego em Palmas.
— O que não se faz para ganhar um dinheirinho, não?

O MOVIMENTO DA BOLSA

A semana investiu-se de temerárias ON à isotônicas blue chips viruladas em planilhas de encomiásticas tarjetas já no fechar da concussão atual. As curvas frenológicas (tão estimuladas por Keynes) se pesetearam em oscilações crio gênicas (não só aqui, mas também em Nova Iorque e Tóquio) intumescendo as bissetrizes classe B e menopausando movimentos off shore. No refluxo final, os augúrios que se espalharam sobre as possíveis enxovias na atual gestão, a ordinária PT caiu verticalmente e se transformou em notícia.

Resumindo: uma semana de back and go — vale dizer, uma jaqueira.

Em tempo — olho nas preferenciais severinas ordinárias de segunda remissão.

— Nacionalidade?
— Brasileira.
— Vai continuar ou vai desistir?

— Quer saber? Comprei um revolver e vou sair por aí roubando.
— Cuidado com os assaltantes.

Mãe pobre só ganha presente da cegonha.

O encontro do Papa e do Lula foi um acontecimento histórico: pela primeira vez, dois infalíveis, juntos.

Tão insignificante que nunca conseguia cair em si
— caia sempre fora.

PERGUNTE AOS UNIVERSITÁRIOS

GRUPO 2

Mercúrio é o deus da temperatura tanto que até hoje o encontramos no termômetro.

Oráculo foi um vulcão que dava respostas anfíbias.

Centurião era o romano que vivia mais de 100 anos.

A peste negra dizimou muito a popularidade da Europa.

Recenseamento são homens que vão de casa em casa aumentando a população.

Magna Carta é a que estabeleceu que um homem não pudesse ser enforcado duas vezes pelo mesmo crime.

A diferença entre rei e presidente é que o rei é filho do seu pai e o presidente não.

O executivo dos Estados Unidos é a cadeira elétrica.

Parafina é uma ordem de anjos superior aos querubins.

Pedagogo é um calcanhar muito grande.

A Psicologia estuda os males que não existem.

Três astros celestes: Pai, Filho e Espírito Santo.

As cidades da Índia são tão horríveis que seus habitantes moram longe.

O sol nunca se punha no império britânico porque o sol se põe no Ocidente e o império britânico fica no Oriente.

A bandeira da França tem três cores: metade azul, metade vermelha e metade branca.

PS — Já sei, já sei. O implacável leitor também vai dizer que as melhores coisas do livro são estas frases escritas por universitários. Tem razão.

A seleção dos novos jogadores de futebol do Brasil

Rafael Maurício, Roberto André, Marcelo Tobias, Rafael Gusmão e Toninho Júnior; Sergio Toledo, Rafael Paz, Alfredo Tobias, Vitor Sá; Ronaldo Maurício e Rafael Fontana.

Pelos meus ganhos atuais, a única coisa que eu vou deixar quando morrer vai ser o mundo dos vivos.

— O senhor sabe o que as Escrituras dizem...
— Estamos tratando de subversão, padre. Não me venha com imóveis.

Marchinha carnavalesca: gênero que vai desaparecendo, pois era sempre irreverente, de música simples e bonita, verdadeiramente brejeira. Hoje, no país, a única coisa brejeira é a vaca.

Sim, o Papa é infalível — quando não abre a boca.

PROVAS DE QUE DEUS É BRASILEIRO

a) Se comprometeu a trabalhar sempre para todos nós, mas trabalhou sete dias, recebe royalties até hoje pela invenção — e nunca mais fez nada.

b) Cassou os direitos de Adão e Eva, criando uma CPI baseada apenas no testemunho de um "laranja", uma verdadeira cobra criada. Com isso, ficou como único dono daquele imenso e eterno latifúndio (como os do Brasil)

c) O argumento da *causa primeira* foi um golpe de mestre: Ele ouviu um imenso Big Bang e, na mesma hora, apresentou-se como o autor, disse que o BANG era dele, fora Ele quem fizera. Até Júpiter, seu sócio em outras dúbias empreitadas, o apoiou mandando um raio pelo Cosmos, como evidência da capacidade de criar BANGs.

d) Transformava água em vinho.

e) Foi traído por um companheiro de partido.

f) Todo mundo vai à sua casa só para pedir favores.

g) Que se saiba, nunca foi à escola pois naquela época as escolas já eram uma merda.

h) Conhecia perfeitamente o caminho das pedras, tanto assim que dava sempre a impressão de estar andando sobre as águas.

i) Fez a "mãe de todos os assoreamentos" no mar Vermelho, criando uma passagem em terra firme para Moisés e o seu povo: de um lado o mar, do outro o mar, e no meio a terra, coisa de imobiliária carioca.

j) Para alimentar todas as famílias agregadas, mais a sua própria, geralmente tinha só uns pãezinhos embolorados e meia dúzia de lambaris. Foi o primeiro nordestino do mundo.

l) Engravidou Maria através de um enviado, numa hora em que José estava ausente da casa.

m) Manteve um caso com Maria Madalena, mulher de vida difícil. Pedro morria de ciúmes.

n) Quando apresentou um problema importante para o Governador, o Governador lavou as mãos em sua residência em Belo Horizonte.

o) Enquanto esteve vivo não permitiu comércio e arrecadação de dinheiro nas Igrejas, querendo que todos a seu serviço fossem pobres. Depois, com a sacola, vieram os arcebispos, superiores a Ele na hierarquia.

p) Passou 40 dias sem comer.

q) Carregou a cruz sozinho, ordem do delegado.

r) — Foi entregue por uma comissão de 30 moedas.

s) — Expulsou todos os vereadores do templo.

t) — Criou o Serviço de Inteligência: sabia de tudo através do confessionário.

u) Mantém o dossiê de todo mundo.

v) Foi traído por um beijo do travesti que ele mais amava.

x) Promulgou dez leis fundamentais para serem obedecidas por todos. Como toda lei brasileira, ninguém obedece.

z) Prova definitiva: morreu entre ladrões.

PROVAS DE QUE DEUS NÃO É BRASILEIRO

Há gente que não acredita que Deus seja brasileiro, especialmente nas periferias e entre a classe média baixa. E eles comprovam sua posição com argumentos razoáveis — para quem está na merda desde que nasceu.

Olha porque Deus não é brasileiro:

1 — Trabalhou só seis dias e está descansando até hoje.

2 — Promulgou só 10 leis desde o Velho Testamento. Isso, a gente promulga em meia hora de sessão na Câmara, mesmo não contando os títulos de cidadão honorário.

3 — Só teve um Dilúvio. Nós temos vários em cada capital.

4 — Tendo todo o Poder, não interferiu no processo do seu Filho. Deixou que ele fosse condenado. Com um Deus brasileiro, os acusadores seriam presos, o filho absolvido e com direito a uma empresa de informática.

5 — Criou o Paraíso só para duas pessoas e uma vizinha, uma cobra. Fosse brasileiro, daria o Paraíso para 2% e fomes básicas para os outros 98%. Como é hoje.

E quando Kadafi disse ao Bush, na praça principal, que uma guerra poderia matar os dois, a multidão explodiu:
— Guerra! Guerra! Guerra!

A grande diferença é que, nos Estados Unidos, dólar é moeda e, no Brasil, dólar e notícia.

Homem público é aquele cujos negócios não o são.

E quando o Papa no Pacaembu lotado exigiu que os jovens mantenham sua castidade, houve 586 coitos interrompidos, 432 com rompimento de hímen. Gutemberg (que foi coleguinha de escola do von Ratzinger) já prometeu: vai imprimir todos os discursos do papa feitos em S. Paulo, tão logo termine uma espécie de prensa em que ele está trabalhando.

UM SEGUNDO ANTES DE MORRER

1 — "Olhe, por favor, leva o carro, a pasta, o dinheiro, meu anel — mas, por favor, não me mate".

2 — "Jararaca, aqui, na beira deste rio? Pô, rapaz, parece que você nunca andou por estas bandas".

3 — "Doutor, o senhor garante que não tem perigo de choque anafilático"?

4 — "Coisa chata, essa dorzinha desde esta manhã no meu braço esquerdo".

5 — "Alô, mamãe? Estou falando do último andar aqui das Torres Gêmeas. É tão alto que dá para ver toda NY e um avião voando lá embaixo".

6 — "Me passa essa faca que este interruptor parece que enferrujou".

7 — "Atira, se for homem."

8 — "Me transferiram para a faixa de Gaza".

9 — "Querida, dá para esquentar aquela feijoada congelada"?

10 — "Comprei um apartamento de luxo, todo envidraçado, por uma ninharia, bem ali no pé do Morro da Viúva".

11 — "Excelência, o senhor deseja mesmo desfilar em carro aberto"?

12 — "Neto de Lampião? E daí? Neto eu trato assim, ó, com pontapé na bunda".

13 — "Agora, com o Fome Zero a gente está salvo".

14 — "Vocês são da turma do trote, tudo bem. Mas, não me joguem na piscina que eu não sei nadar".

15 — "Só mais esta carreira, depois a gente sai".

16 — "Nervosa? É sempre assim, na primeira vez que se pula de bungee jump".

17 — "Abriu pra pedestre. Podemos atravessar".

18 — "Paulo, olha eu: andando a cavalo a galope".

19 — "Al Qaeda? Um bando de fanáticos que não me assusta".

20 — "Que tem que é torcida corintiana? Sou Palmeiras, ninguém tasca, vou lá no meio deles com esta camisa".

21 — "Esse negócio de bala perdida é papo furado. Ninguém me tira da areia de Copacabana".

22 — " Vamos de carro pela linha Vermelha, em dez minutos estamos no centro do Rio".

O mal do nosso sistema eleitoral: somente depois
das eleições é que o deputado é diplomado.

Em política externa o Brasil está sempre corajosamente
ao lado de todos.

Todo político se declara sempre um
amante da liberdade.
— Esse é o mal da liberdade. Tem amantes demais.

É tamanha a desconfiança geral a que chegou o
brasileiro que quando alguém diz que fulano é um
sujeito correto, honesto, o outro logo enviesa o olhar:
— E quanto ele está ganhando para ser assim?

Tenho a impressão de que com uma dúzia de duplas
de música country brasileiras bem escolhidas eu seria
capaz de asfaltar a minha rua.

Já temos mais de 180 milhões só no Brasil — e ainda
tem cientista pensando em clonagem humana.

Se algum assaltante o parar no meio da avenida,
durante o dia, arma na mão, não comece a berrar pela
polícia que você corre o sério risco de ficar rouco.

Político genial é a Margareth Thatcher:
até hoje pensam que é mulher.

FLATOS INDECISOS DO MERCADO DE *COMMODITIES*

Pressões de portais amazônicos calcinaram os lances defensivos e não houve vacância de pindorama nominal: flatos, mais ousados uns, menos afoitos outros (como os de Beluzzo e Pastore) manjericaram o expediente floral de ontem na Casa. Todo imaginário megabítico teve seu start quando mouriscos anônimos (como sempre) sopraram no ouvido da Hebe a eventualidade possível, e porque não dizer, levemente latente, ou, como querem os cabeças de planilha "em potencial de negativivência profusa" de mais uma demissão de outro corrupto — os bastidores sentiram o tamanho da tosse e quase houve uma corrida, se Barrichelo não tivesse chegado atrasado — segundo Luis Nassif.

Espera-se um dia menos sôfrego hoje, já que o pregão será feito pelo pregador da Igreja Multifacetada de Deus-o-Velho. O nome do pastor, Jó, é o diminutivo de Joseyvaldonides, cearense de Crato.

A POESIA DOS OUTROS EM NOVA VERSÃO

Garcia Lorca

Verde que te quiero verde
Verde viento, verde rama
La basura sobre el mar
Y el desmate em la montaña.

Carlos Drummond de Andrade — 1

No meio do caminho
Tinha uma pedra
Tinha uma pedra
No meio do caminho
Dei-lhe um chute
Um torpedo
Ficou a pedra
Foi-se o dedo.

Carlos Drummond de Andrade — 2

Mundo, mundo, vasto mundo
Se eu me chamasse raimunda
Seria uma rima
E uma grande solução.

Olavo Bilac

Última flor do lácio inculta e bela
És a um tempo esplendor e sepultura
Corpo que agoniza na jovem cultura
E em cujas mãos já acendo uma vela.

Gonçalves Dias

Oh que saudades que eu tenho
Da aurora da minha vida
Da minha infância querida
Que os anos não trazem mais
Naqueles tempos fagueiros
Tinha missa com muito fervor
Eu nada sabia dos brasileiros
Nem dos bois do senador.

Fernando Pessoa

Todo político é um fingidor
Finge tão completamente
Que chega a fingir que é ardor
O despudor com que sempre mente.

Manuel Bandeira

Imagino Irene entrando no céu:
— Licença, meu branco!
E São Pedro, chicote na mão:
— Já cansei de avisar: entrada de serviço é pelo purgatório.

Neste cinema só é permitida a entrada de menores de 12 anos se estiverem acompanhadas de seus amantes.

De todos os carnavais, a melhor Comissão de Frente continua sendo de 15% sobre o bruto da fatura.

Está muito certo tentar proibir a venda de lança-perfume no carnaval. Pode haver mistura com álcool e todos sabemos que o lança-perfume deve ser aspirado sem mistura.

— Vim buscar a renda do clássico entre Santos e Palmeiras.
— Um momentinho, que ela caiu da minha mão e rolou para debaixo do armário.

Virgem, hoje, só no horóscopo e, mesmo assim, dizem que ela já deu para Sagitário, atrás do Plutão.

CÂMARA FEDERAL

Eleitos pelos incautos
Votos da comunidade
Alcançam a sonhada
Impunidade.

IVETE SANGALO

— pernas: falta algo.
— rosto: falta algo.
— olhos: falta algo.
— busto: falta algo.
— coxas: falta algo.
— bunda: falta algo.
Ela inteira: não falta nada.

campeão

Era campeão distraído
De saltos ornamentais.
A piscina estava vazia,
Agora já não é mais.

jornais

Entre todas matérias
De cada nova edição
Cada dia mais matéria
Em decomposição.

políticos

É a pura verdade:
Todo político
É de alta
Periculosidade.

EPITÁFIOS

No túmulo de Mick Jaeger:
This one stopped rolling.

No túmulo de George W. Bush:
Prometi e cumpri: visitei Bagdá.

No túmulo de Elvis Presley:
Morto? Quem? Eu?

No túmulo de Jô Soares:
Beijo do magro!

No túmulo de Bob Fosse:
"All that jazz aqui"

No túmulo de Madona:
I'm an immaterial girl.

No túmulo de Silvio Santos:
Você precisa ver meu sorriso agora.

No túmulo de Ronaldo:
Finalmente, careca total.

No túmulo de Galvão Bueno:
É tua, verme!

No túmulo de Burt Lancaster:
From here to eternity.

No túmulo de Zagallo:
Zagallo morreu — tem 13 letras.

No túmulo de Frank Sinatra
Night and day-forever.

No túmulo de Michael Jackson:
Agora, sim: todo branquinho.

No túmulo de Jânio Quadros:
Vassoura? Só se for para limpar o pó.

No túmulo de Lula:
Como, sem returno?

No túmulo de Vera Fisher:
Maldita sina de mulher desejada: agora, são os vermes que estão me comendo.

No túmulo de Fernando Henrique:
"Detesto deitar de costas. De perfil eu fico muito melhor."

No túmulo de Juscelino Kubistchek:
"Abaixo da terra, eu. Acima, pigmeus."

No túmulo de Gisele Bündchen:
"E diziam que eu era magra."

No túmulo do José Simão:
No final todo homem acaba sendo comido , rárárá.

No túmulo de Bob Dylan:
"The answer my friend is blowing in the worm."

No túmulo de Paul Sartre:
"L´ Être e le Rien. Je suis le Rien."

No túmulo de Paulo Coelho:
"Descobri: o alquimista é a umidade."

filosofia

prova com palavras
o fim da lógica
o que é uma coisa
patológica

televisão

terminada a transmissão
feche o vidrinho
e leve a amostra colhida
ao laboratório mais vizinho

A VERDADEIRA BIOGRAFIA DE LULA

Já cansei de ver nosso Presidente sendo difamado por todos os nossos órgãos (alguns apenas glândulas, não chegam a órgãos) de comunicação, recebendo injúrias e mentiras sobre o seu passado e a sua vida, uns afirmando que Luis Inácio Lula da Silva, imagine, já foi líder metalúrgico, outros insinuando — suprema leviandade — que era torneiro mecânico e de esquerda. Mentiras, mentiras, mentiras — como gosta de dizer o presidente do PT.

Por isso, como eleitor politizado e consciente, sinto que é meu dever, como o é de todos os companheiros e companheiras, desmentir sumariamente as inverdades e invencionices sobre o Presidente deste país.

a) Ao contrário do que espalharam pelo Brasil, nosso presidente não sofreu a vergonha de nascer de família pobre. Pelo contrário: nosso grande líder nasceu na Casa Grande & Senzala, no terceiro aposento superior da Casa, à direita de quem sobe a ideologia.

Como brincadeira de criança rica mandava surrar os negrinhos pobres da senzala, coisa que voltou a fazer mais tarde, numa senzala de 185 milhões.

Sempre brincando.

Daqueles tempos, veio o gosto pelo traje africano, suas cores, que passaria à dona Marisa e esta o reinventaria em lindos abadás amarelos com estrela vermelha (uma desconstrução da estética de Guiné — Bissau).

Mamou nas tetas da Lady, sua mãe, e nos tonéis de cachaça do seu pai.

Uma infância igual a de qualquer menino brasileiro que vira Presidente.

Foram anos de vida tão inocente quanto José Dirceu e tão alegres e coloridos como Madre Theresa.

b) Seu pai era um grande usineiro de açúcar e homens (depois, fundou um banco que é hoje um dos maiores do país). A ele faltava um dedo da mão, fato que a difamação esquerdista diz ser carência do Presidente atual, seu filho, o que, como dissemos, é uma inverdade histórica.

Lula tem os dez dedos nas mãos: só não mostra porque não é seu hábito mostrar a verdade. Pode-se perceber isso na perfeição com que ele agarra tudo que passa junto dele.

Nove não é soma dos dedos: nove é o número de companheiros que ainda restam sem ameaça de cadeia por corrupção.

c) A mãe do titular da Grande Poltrona em Brasília era a viscondessa de Georgetown, descendente da nobre família inglesa dos Gainsborough (que o leitor deve ter ouvido falar ao menos de pintura, já que pouco procuramos conhecer nossas autênticas raízes).

Lady Georgina do Agreste e da Caatinga — como ficou conhecida depois que o Imperador lhe concedeu a honraria — governava a Casa Grande com mão de ferro, já que, devido a uma picada de mutuca, quando criança, teve a mão amputada e substituída por uma prótese igualmente férrea.

O marido adorava esse detalhe de sua Lady pois a mão de ferro o tornava respeitado e temido até por Virgulino Ferreira, Corisco, Sexta-Feira, Azulão e outros educadores do interior do nordeste.

d) Já adolescente, Lula se masturbava com os dez dedos, (como alguém iria se masturbar com nove?).

Percebe o leitor o tamanho daquela mentira sobre o número de dígitos?

Mentira sobre dígitos viria mais tarde, no aumento real do PIB, no número de Bolsas Família e nos dígitos do mensalão e ambulâncias dos companheiros e companheiras.

Então, Luis Inácio da Silva recebeu de seu pai (que sempre alegou ser mentira do filho) a ordem de vir para S. Paulo e ingressar nas altas finanças, no mundo das corporações multinacionais como os bancos, as grandes montadoras, o truste internacional dos bingos e do caixa 2, o monopólio global das empreiteiras e, suprema consagração, dirigir um consórcio de construção do metrô (de preferência, a Linha Amarela, por acreditar na engenharia nacional e a Linha Branca, por acreditar na macumba, uma questão de buraco e axé).

e) Sua carreira iniciou-se com o cargo de gerente do Banco Rural e vice-presidente administrativo do Banco Santos com alguma experiência em exportações no Banco Econômico, do seu amigo Ângelo Calmon de Sá, ministro da República, sim senhor, e com todas as honras, exceto a honra.

f) Em poucos anos, o moço, já adulto, se inteirara de todas as lutas políticas e das necessidades dos nossos desprotegidos, necessitados e ofendidos bancos, financeiras, investimentos em dólares, euros e agregados.

O pai exigia esse *low profile*.

g) Foi aí que, numa intuição de cuja argúcia nem a Viscondessa seria capaz, ele vislumbrou para onde ia o pirão e tratou de seguir o seu faro de Baleia de vidas mais secas. Getúlio, Jânio, Ademar, Juscelino, Jango e mil outros haviam chegado onde chegaram graças ao apoio do povo.

Descobriu que por meio do voto poderia atingir lugares nunca antes sonhados, poderia chegar ao Palácio da Alvorada, Granja do Torto, Davos, Santacruz de La Sierra, Londres, a praia privada e vigiada da Marinha e o erário público.

Não tinha nenhuma idéia do que era povo, nem voto, palavra inédita no seu repertório.

Hoje, a palavra povo, muito usada por ele, caiu em desuso e está fora de moda e, claro, fora do Governo.

h) Era a primeira vez que pela sua cabeça passava a palavra voto, Palácio, Tesouro — e ele estremeceu; sentiu o cheiro do jabá debaixo do angu: o nome do preá era *voto do povo*.

Como seu pai era um acionista de médio porte da Volkswagen foi fácil para ele entrar em contato com o povo disfarçado de torneiro mecânico.

O disfarce apertava na barriga, mas ele se deu bem diante da sua banca de torneiro — mais tarde, se daria melhor diante do banco dos banqueiros.

i) Comia com os operários, bebia com eles, e aprendeu, a muito custo, a falar tão errado quanto eles (para aprender a falar corretamente "pobrema" e não "problema", como ele aprendera, foram necessários meses de exercício palato-lingual).

Passou a decorar palavras de ordem contrárias a tudo que acreditava e defendia, em seu vigoroso ideário alimentado pelo auxílio aos financistas, o apoio às grandes corporações, a vontade inabalável de proteger o mercado e os interesses internacionais.

Fosse na América, se chamaria Schwarzennegger.

j) Foi nessa época que nasceu o apelido de "Lula" — coisa que ele abominava intensamente, já que sonhava um dia ser chamado de *Don Luiz Del Inácio y Silva*, como vira nos filmes de Zorro. O apelido nasceu do fato de Luiz Inácio ser um imenso devorador de lulas fritas no óleo de dendê. Era tal sua assiduidade no prato que comia, longe dos companheiros de bancada mecânica, em botecos como o Antiquarius, o Fasano ou o Le Coq D´Or, que quando ele entrava o maitre se virava para os serviçais, com um certo tom de ironia:

— *"Lá vem o homem da lula. Seu lula está chegando."*

Aliás, esse maitre, mais tarde, seria o encarregado dos churrascos do Torto e o fez tantos e tão abundantes de carne e puxa-sacos que ficaram conhecidos como os churrascos do Torto a Direito.

l) Lula lá, lula aqui, lula acolá, não teve jeito: acrescentou a iguaria ao próprio nome — deixando bem claro que era um apelido ilustre, já que a lula no dendê, como dizia, *"era quase tão fina, delicada e gostosa como a buchada de bode que Nhá Marisa, uma senhora lustrosa e redonda, fazia nos quintais da Casa Grande — e cujo perfume Pernambuco inteira sentia e adormecia instantaneamente";* depois da buchada, jaca em calda com sorvete de graviola — uma vida que alternava acepipes, servidos com o requinte que todo paladar aristocrático e ilustre sempre merecem.

m) Não foi fácil, porém, incorporar seu novo apelativo. Toda vez que alguém chamava *"Lula, Lula!"*, ele se voltava já sorrindo:

— *"Frita e no óleo de dendê! Segura aí que já tô indo, companheiro."*

Outra expressão do gosto refinado do homem criado na fartura da riqueza do pai.

n) O tempo foi passando e Inácio cada vez mais se misturava com os operários, ouvindo suas queixas, suas posições políticas, seus programas sociais, seus peitos chiando, seus estômagos roncando e suas mulheres engravidando.

Havia momentos em que chegava a considerá-los quase humanos.

Mostrando-se levemente constrangido ao aceitar sua indicação para Presidente do Sindicato (gentileza dos colegas com os quais estava de acordo em tudo e para os quais ainda por cima pagava todas rodadas de pitu e cangibrina nos botecos de São Bernardo além das cartelas e rabadas do Bingo ABC), Inácio disse que não queria cargos mais altos: só se os companheiros exigissem.

Quando concluiu que já fizera base suficiente entre os torneiros, concluiu também que era hora de tentar poleiros e bancas mais altas, através das eleições.

Severino Cavalcanti não havia sido eleito?

o) Foi sucessivamente derrotado por uma razão simples: usava o linguajar dos metalúrgicos — *"Abaixo o FMI! Participação nos lucros! Windows a 1 real cada! Fora com os agentes do imperialismo! Pastéis de feira de graça para todos! Nada aos bancos, tudo aos bancários! A Amazônia é nossa! Pitbull para todas as mães! Estatização das empresas estrangeiras de prestação de serviços! Forca para os técnicos de futebol! Maguila para Reitor! A fauna e a flora são sagradas! Proibido falar "com certeza"! Fim da poluição dos rios!"* — e por aí afora. Quem não conhecia seu verdadeiro pensamento político pensava que aquilo era sincero, se assustava e não votava nele — especialmente a classe média, com seu terreninho para pagar e as prestações do Gol vencendo, férias na Praia Grande ou em Duque de Caxias, quatro filhos, ia lá querer agitação?

Queria era a "*paz de criança dormindo e o abandono de flores se abrindo*", como dizia sua nova bossa.

p) Cansado de perder, chamou para chefiar sua última campanha o mestre da imagem — que por pouco, muito pouco, não consegue a canonização de Paulo Maluf. O mestre do marketing político de resultados mudou o tigre — e o tigre virou corça. Quem tem medo de corça? Nem viado.

q) Foi eleito presidente e, no dia da posse, na correria e suadeira dos preparativos, olhando o girassol do vestido da Primeira Dama, enfiando um braço na manga da casaca e segurando o telefone com a outra mão, estava quase espumando ao bocal, falando com o tio — avô, seu mentor lá do cangaço: *"Tio, conseguimos, tio! Vou tomar posse!"* E, num berro de raiva e alegria:

— *"Finalmente, os pobres banqueiros e os rentistas sem teto estão no Poder!"*

— "Parabéns, Don Inácio".

O resto, como dizia meu pai, são outras quinhentas CPIs.

LULA 2007

— "Tio, eles nem desconfiaram: votaram de novo em mim! E continuam aprovando meu governo com mais de 50%! O que me diz?

— Chávez e Morales tentaram conseguir reeleições indefinidas, uma atrás da outra. Não conseguiram ainda, mas tentaram.

— Eu tenho muito mais apoio popular que os dois, tio!

— Então.

O GRANDE SONHO

O grande sonho dos jovens nos anos 60:
Viver para criar um mundo de paz e amor.

O grande sonho dos jovens nos anos 70:
Viver para derrotar todos os tiranos.

O grande sonho dos jovens nos anos 80:
Viver para restaurar a democracia e a liberdade.

O grande sonho dos jovens nos anos 90:
Viver para criar uma ONG a favor da vida.

O grande sonho dos jovens nos anos 2000:
Viver para um dia entrar no Big Brother Brasil.

polícia

Passa por nós,
Em disparada
Porque está sempre
Atrasada.

hospitais públicos

Quando chega a vez,
Na fila do aposentado
Geralmente o cadáver
Já está muito cansado.

Crime Organizado Sociedade Anônima — C.O.S.A.

La C.O.S.A. é nostra!

ESTATUTO DA C.O.S.A.

— Podem ser sócios da C.O.S.A. — *Crime Organizado Sociedade Anônima* — todas as pessoas residentes no Brasil mesmo que com ausências prolongadas e oportunas em países que não mantenham tratado de extradição com o país;

São admissíveis como sócios homens e mulheres de qualquer idade, sendo que de meninos e meninas com menos de 10 anos exige-se o B.O. de, no mínimo, quatro assaltos a mão armada, com pelo menos duas vitimas fatais;

Das meninas, se já completaram 13 anos, exige-se a certidão de nascimento de pelo menos dois filhos, devidamente abandonados;

Ficam eternamente excluídos do quadro da C.O.S.A. os 325 (último censo da C.O.S.A.) brasileiros e brasileiras que, apesar de todos os apelos de todas as camadas da sociedade e de suas mais notáveis instituições, como a política, a televisão e os Legislativos, teimam em manter— se íntegros e incorruptíveis, afrontando não somente este Estatuto, mas todos os usos e costumes da pátria que amamos;

Cada sócio pagará à C.O.S.A. o dízimo de tudo que ganhar nas operações estatutárias, e 50% de tudo que obtenham de maneira dita legal;

São considerados membros natos desta organização (podendo ou não usar essa prerrogativa) todos os vereadores, deputados federais, senadores e seus respectivos suplentes, mais os cargos de confiança até o 3º escalão;

Todo governante eleito ou nomeado que praticar ato previsto pela famigerada Ética e inquinado de Legítimo, Honesto ou Legal, será suspenso por um ano desta entidade, só podendo pedir sua reintegração através de documento idôneo e especial para esse fim, emitido por duas ONGs — o PCC e o CV — ou um senador qualquer.

São deveres dos sócios:

a) *Omertá*. Diante da mulher, dos filhos, dos amigos e das CPIs;

b) Em tudo que diga respeito aos proventos desta entidade, trabalhar sempre com a contabilidade dita de "Caixa Dois", mais flexível e ajustada aos nossos propósitos e à soberba tradição do nosso país;

c) Nunca pré-julgar pela aparência. Antes de concluir que o cidadão à sua frente é incorruptível, ofereça-lhe um cargo no segundo escalão, na tesouraria de uma associação de amparo às crianças ou a presidência da CBF;

d) Se tudo que for tentado não trouxer o dinheiro que o sócio espera é seu dever fazer uma última tentativa com algum Plano de Saúde;

São direitos dos sócios:

a) Receber a sua quota-parte dos lucros auferidos pelas atividades estatutárias, através do Congresso Nacional, Assembléias estaduais e câmaras municipais (caixa dois, projetos propinados, ambulâncias, dossiês, contratos de fachada, "laranjas", etc.);

b) Receber em dinheiro — nada de documento impróprio como cheque, doc, promissórias ou qualquer outra forma de pagamento que permita rastreamento;

c) Ter sempre à sua disposição cédula de identidade, passaporte e atestado de residências falsos e com garantia de impenetrabilidade por parte de jacus e arapongas;

d) Requerer que a diretoria da C.O.S.A exiba detalhadamente todo movimento "cash" da organização;

e) Ao direito acima instituído, cabe ao sócio também a alternativa de continuar vivo, direito extensivo à mulher e crianças.

A C.O.S. A — Crime Organizado Sociedade Anônima — cessará suas atividades e sua existência como entidade da sociedade civil no dia em que o mar virar sertão.

governo

Eleito pelo voto
Do povo
Está defecando nele
De novo.

AQUI ESTÁ ELE

— Ele prende passageiros dentro do ônibus assaltado, bota fogo
no ônibus, incinera 17 pessoas, duas delas, crianças;

— Ele espera que apareça o defensor da floresta do
Acre e manda-lhe balaços no coração;

— Assalta casal com filhos, rouba o dinheiro,
leva para estrada deserta, amarra pai, mãe,
filhinha de 5 anos, filho, joga-os dentro do automóvel,
despeja gasolina no veículo, risca o fósforo — os quatro
carbonizados, a filhinha morre dois dias depois,
no hospital, toda em chagas;

— Ele denomina o rio da sua aldeia de Rio das Mortes;

— Destrói a mata atlântica, mata tudo que é bicho e
ave só pelo prazer de matar, pesca com dinamite,
extermina caranguejo, camarões e lagostas, coloca em
perigo de extinção a espécie do pirarucu, persegue o
mico leão, todos os micos, araras, periquitos,
sabiás, pintassilgos, curiós e jandaias;

— Entra na instituição oficial e depois sai — deixando, lá dentro, 111 homens desarmados e mortos;

— Ele não sabe quem é Antonio Nóbrega ou Nelson Freire, mas desmaia de emoção ouvindo Bruno e Marrone;

— Ele mata a mãe com mais de quarenta facadas;

— Ele odeia negros, judeus, turcos, muçulmanos, mulatos, pobres, ricos, moto boys, idosos, cegos, surdos, mudos, loucos e ganhador único da megasena;

— Manda trucidar a porrete pai e mãe para pegar a herança;

— Joga o filhinho no rio Tietê;

— Ele mora numa cidade chamada Tiros;

— Mata turistas porque são turistas;

— Comanda o terror em noites e dias de metralha, fogo e destruição em grandes cidades, apavorando todos, homens, mulheres e crianças.

Quem é ele?
Ora, você conhece: ele é o brasileiro cordial.

BÔNUS: A MELHOR PIADA DO BRASIL

Todo poder emana do povo
e em seu nome será exercido.

FINAL FELIZ

Este livro foi escrito entre novembro de 2006 e agosto de 2007 com o autor comemorando 79 anos de idade, recebendo quatro stents, com angina, edema pulmonar e diabete. O que você vai fazer com essa informação, é problema seu.

INFORMAÇÕES SOBRE NOSSAS PUBLICAÇÕES
E ÚLTIMOS LANÇAMENTOS

Cadastre-se no site:

www.novoseculo.com.br

e receba mensalmente nosso boletim eletrônico.

novo século®